文春文庫

春雷道中

酔いどれ小籐次（九）決定版

佐伯泰英

文藝

目次

主な登場人物

赤目小籐次（あかめことうじ）	元豊後森藩江戸下屋敷の厩番。藩主の恥辱を雪ぐため藩を辞し、大名四家の大名行列を襲って御鑓先を奪い取る騒ぎを起こす（御鑓拝借）。来島水軍流の達人にして、無類の酒好き
赤目駿太郎	刺客・須藤平八郎に託され、小籐次の子となった赤子
おりょう	大身旗本水野監物家奥女中。小籐次の想い人
久留島通嘉（くるしまみちひろ）	豊後森藩藩主
久慈屋昌右衛門	芝口橋北詰めに店を構える紙問屋の主
観右衛門	久慈屋の大番頭
おやえ	久慈屋のひとり娘
浩介	久慈屋の手代。おやえとの結婚が決まる
国三	久慈屋の小僧
新兵衛	久慈屋の家作である長屋の差配だったが惚けが進んでいる
お麻	新兵衛の娘。亭主は錺職人の桂三郎、娘はお夕

勝五郎　新兵衛長屋に暮らす、小籐次の隣人。読売屋の下請け版木職人。女房はおきみ

うづ　平井村から舟で深川蛤町裏河岸に通う野菜売り

万作　深川黒江町の曲物師の親方

美造　深川蛤町の蕎麦屋・竹藪蕎麦の親方

細貝忠左衛門　久慈屋の本家の当主

太田左門　水戸家国家老

鞠姫　水戸藩前之寄合・久坂華栄の娘

太田静太郎　水戸藩小姓頭の嫡男。鞠姫の許嫁

春雷道中

酔いどれ小籐次(九)決定版

第一章 竹藪蕎麦の倅

一

遠くでごろごろと雷が鳴っていた。

芝口新町の新兵衛長屋に文政二年（一八一九）、春の陽光が穏やかに注ぎ、どこからともなく梅の香が漂ってきた。

赤目小籐次は背に駿太郎をおぶい、ねんねこを着込んで、手に刃渡り二尺ほどの片切刃造りの長包丁の包みを提げた。

久慈屋の蔵に長年眠っていた道具で大番頭の観右衛門がふと思い出し、小籐次に手入れを頼んだのだ。

「住常陸国笠間兼保」

と銘が刻まれた大業物、久慈屋の初代が江戸に出てきた折、持参した道具とか。ようやく刀並みの研ぎを終え、白木の鞘も新調したので小籐次の手に清々しさが漂っていた。さらにもう一方の手におむつを入れた風呂敷包みをぶら下げた。その格好で腰高障子を開けると、

「かーごめかごめ、かごの中の鳥はいついつ出やる」

と木戸口から新兵衛の間の抜けた歌声が響いてきた。大家の新兵衛の惚けはゆったりと進行して、最近では童子に戻ったのではないかと思える表情を見せた。

「今朝はのんびりだな」

戸口に立って木戸口の新兵衛を見ていた風情の隣人、版木職人勝五郎が小籐次に話しかけた。

「昨晩、かなり遅かったな」

「吉原に参った」

きえっ

と奇妙な声を勝五郎が上げた。

「可笑しゅうござるか」

「五十路を過ぎて赤目の旦那もお盛んなことよのう。もっとも独り身だ、吉原に

行こうと品川で飯盛りを買おうと勝手だがな。女房子どももある身のこちとらはそうはいかないや」

　と長屋を振り返った。

「本日は江戸を留守にする挨拶を得意先に致すだけだ。大川をあちらこちらと往来することになりそうだ」

「この日和（ひより）なら大川河口もそう波立ってはいまい」

「そうだのう」

　小籐次は長屋の敷地と接した堀留にすでに仕度された小舟に向った。すると勝五郎も付いてきた。

「水戸行きはどれほどになる」

「往復の道中を入れて十五日から二十日と聞いておる」

「手代の浩介さんとおやえさんも一緒だってな」

「最初は大番頭の観右衛門どのが行くことになっていたが、やはり娘のことがあるので旦那の昌右衛門（まさえもん）どのと交代なされたのだ。それに小僧の国三（くにぞう）さんも一緒で総勢六人だ」

「賑（にぎ）やかなこったぜ」

「御用がいくつも重なったからな」

「浩介さんはおやえさんの婿に決まったそうだな」

「よう承知だな。そのために旦那が行かれるのだ」

二人は小舟を見下ろす堀端に立って顔を見合わせた。

「こんな話は直ぐに洩れるもんだ。芝口橋界隈じゃあ、もはや評判だ」

「そうか、知らなかった」

小籐次は長包丁と風呂敷包みを勝五郎に預け、駿太郎をおぶったまま、
ひょい
と小舟に飛び降りた。まるで猫が軒先から溝板に飛んだようで、小舟がゆらりとひと揺れしただけだ。

「相変わらずの身のこなしだねえ」

と感心した勝五郎が手にした荷を小籐次に差し出しながら、

「酔いどれの旦那、余計なこったが、久慈屋の古手の番頭数人がこたびの話に不満を抱いているらしいぜ。久慈屋でひと悶着あるかもしれないね」

と囁いた。

浩介やおやえが恐れていたことだ。

小籐次は長包丁と風呂敷包みを受け取り、小舟に置いた。

勝五郎が舫い綱を解き、小籐次に渡してくれた。

「急先鋒はだれだね」

「三番番頭の泉蔵だ」

「泉蔵さんとは外廻りで掛取りに回っておる人だな。熟した柿のような顔しか覚えておらぬ」

「もくず蟹の旦那に言われちゃあ、泉蔵さんも形無しだ。あれでおやえさんの婿を狙って、何度も文なんぞをそっとおやえさんに手渡したというもっぱらの芝口雀の話だぜ」

「おや、そんな艶っぽい人であったかのう」

と応じた小籐次は、

「こればかりは当人同士が惚れ合い、親御が許したとあらば勝負ありだ。まして本家に挨拶にいく旅が明日から始まるのだ。致し方あるまい」

「そうはいかないのが人間だ」

「なにかひと悶着ありそうかな」

「泉蔵と手代の橋之助らが店の終わった後、木挽河岸の屋台店で気炎をあげているというがね。奉公人が不平不満を表でするようになっちゃ仕舞いだねえ」

と勝五郎が言い切った。

「いかにもさよう」

小籐次は石垣を手で押し、小舟を堀留の真ん中に押し出すと櫓を握った。

「今宵は早めに戻る。別れの酒でも酌み交わそうか」

「酔いどれ様の約定ほどあてにならねえものはねえよ」

「そう申されるな」

着ぶくれの達磨様のような格好で櫓を操り、御堀に向って進んだ。

刻限は五つ（午前八時）の頃合か。

背で駿太郎がご機嫌な声を上げた。

水面を吹き渡る風もどことなく穏やかだ。

芝口橋の久慈屋の船着場に小舟を着けたとき、船への荷積みが行われていた。どこか大口の注文を船で運ぶのか。指揮をとっているのは勝五郎の口から出た三番番頭の泉蔵だ。本日は外廻りはないらしい。赤ら顔が船頭にがみがみと小言を言っていた、どうやら荷積みで注文をつけているらしい。

「泉蔵どの、よい日和じゃな」

「おや、酔いどれの旦那か。そなた様は暢気(のんき)で宜(よろ)しいな」

「性分でな。逸(はや)り立っても事は都合よくいかぬでな」

「主を持たない浪人ならばそれもようございましょうがな、世の中そうは参りませぬ」

「いかにもいかにも」

小籐次の到着に気付いた小僧の国三が河岸道から船着場に駆け下りてきて、

「酔いどれ様、お荷物を」

とおむつを入れた風呂敷包みを持った。

「国三、なんだか調子がいいね」

泉蔵から皮肉が飛んだが、国三は聞こえぬ振りだ。

小籐次は長包丁を提げて石段を上がった。すると、そこに大番頭の観右衛門が立っていた。

「おお、研ぎ上がりましたか」

「松の内に頼まれながら、あれこれと引っ張り回され、ようやく研ぎ終わりました」

「旦那様が、赤目様の研ぎが間に合うならばこたびの道中に持参し、笠間稲荷でお祓いをしてもらいましょうかと申されておりました」

「初代の御道具が笠間に里帰りですか」

「長年、蔵に仕舞いこんでいたのです。改めて初代の気概に思いを致し、久慈屋の守り本尊、商いの道具として笠間様でお清めをしてもらうのもいい考えかと思います」

　店の土間に入ったところで長包丁を観右衛門に渡し、ねんねこの紐を解いた。するとと国三が、

「赤目様、駿ちゃんを受け取ります」

　と背に廻って駿太郎を抱きとめ、女衆のいる台所に連れて行った。

「おうおう、小僧さんのいつになく気の利くことよ」

　と苦笑いした観右衛門が言い出した。

「赤目様、奥で拝見いたしますので、ご一緒願えませぬか」

「それは構わぬが」

　小籐次は仕事着の裾を払い、腰の孫六兼元を外すと手にした。

　久慈屋の中庭にはすでに凛とした佇まいで白梅が咲いて、辺りに香りを放っていた。台所からは駿太郎の笑い声が響いてきた。女衆に構われてご機嫌な様子だ。

「旦那様、お邪魔して宜しゅうございますか。赤目様がお見えになりました」

廊下から観右衛門が昌右衛門に声をかけ、

「お入りなされ、大番頭さん」

と許しが出た。

昌右衛門の座敷には明日からの道中の仕度がすでにあった。

「赤目様、明日からご足労をお掛け申します」

「なんの、こちらこそ宜しくお願い申します」

と応じる小籐次から、昌右衛門の注意が観右衛門の手の長包丁にいった。

「おお、研ぎ上がりましたか」

「旦那様のお心が通じたように出立(しゅったつ)前日にぴたりと研ぎ上がりましたぞ」

「大番頭さん、御先祖様の位牌の前で拝見致しましょうかな」

と昌右衛門が仏間へ向った。

灯明(とうみょう)が点され、線香が手向(たむ)けられた中、昌右衛門が長包丁をゆっくりと抜いた。

灯明の灯(とも)りを映した長包丁の刃が、
きらり
と光った。

ふうっ

と息を大きく吐いた昌右衛門が、

「先祖の気概が刃に溢れておりますな、大番頭さん」

「いかにもさようでございます」

「それもこれも赤目様の研ぎがなければ私どもは推量することすらできませなんだ。大番頭さん、赤目様にたっぷり研ぎ料を払って下されよ」

「はいはい。承知致しました」

と主従であり、親戚筋でもある二人が言い合った。

「そのようなことはどうでも宜しゅうござる。余計なこととは承知しておるが、ちと気になることを小耳に挟んだ」

「おや、なんでございましょう」

と観右衛門が身を乗り出した。

「浩介どのがおやえどのの婿に決まったというので、何人かの奉公人が飲み屋なんぞで憂さを晴らしておるのか、気炎を上げておるそうな」

「赤目様のお耳にも達しておりましたか」

と観右衛門が困った顔をし、昌右衛門が、

「大番頭さん、私は初耳ですぞ。だれですな、大番頭さん」

　とこちらは憤りを抑えた表情を見せた。

「この話、旦那様方が水戸に旅立たれた後、私の一存で決着を付けようとご報告しませんでしたので」

「なんということです」

　と昌右衛門が迷い顔で小籐次を見た。

「それがしも昌右衛門どのが出られる話ではあるまいと存ずる。またこたびのこと若い二人がとうの昔に推量し、おやえどのはそれがしになんぞ起こった折には浩介さんの力になって下されと願っておられます。二人してしっかり者ですぞ」

「なに、おやえがそのようなお頼みを赤目様に」

「私も初めて知りました」

　と主従二人が小籐次の顔を見た。

「それがし、その折も若い二人に申し上げたことです。久慈屋どのが浩介どのを後継に選ばれたのは長年、旦那と大番頭、お二方の厳しい目を経てのこと、またおやえどのがそれを受け止めたうえで浩介どのを頼みにしており、浩介どのもおやえどのを敬愛しておること、どこからも文句の付けようもございませんでな」

「今分りました」

と観右衛門が言い出した。

「なんですね、大番頭さん」

「旦那様、おやえ様も浩介もなかなか互いの気持ちを口にすることができずに悩んでいたようですが、これもどうやら赤目様が一役買ってのことですよ」

「一役買ったとは」

「婿入りの話が出た折、浩介はおやえ様のお気持ちを今一つ察することができませんで躊躇(ちゅうちょ)致しましたな」

「はいはい。確かにこのお話、私の器を超えたものとかなんとか、返答が煮えきりませんでしたな。それがこのところ腹を据えた表情をしておる」

「そこですよ。浩介に赤目様がなんぞ知恵を付けられたと私は察しました」

「ふむふむ、そう言われれば得心がいくところもある。大番頭さん、久慈屋にとって酔いどれ様は得難き人物にございますな」

「いかにもさようです」

と二人がさも得心したように言い合い、昌右衛門が、

「だれが不平を申しておるか知りませぬが、大番頭さん、私は知らぬ振りを致し

ますで存分にお力を振るいなされ。後々久慈屋の騒ぎの火種にならぬようにな」

「承りました」

と観右衛門が頷いた。

この日、小籐次は駿太郎を久慈屋に預け、大川を渡り、深川蛤町の裏河岸の船着場に向った。

「あら、遅いわね」

と野菜売りのうづが小籐次の小舟に気付き、叫んだ。

「駿太郎ちゃんはどうしたの」

「本日は挨拶に参っただけだ。駿太郎は久慈屋に預けて身軽な独り身だ」

「水戸にいくの」

「明朝出立致す。うづどの、真に勝手じゃが二十日ばかり留守を致す」

「御用では致し方ないわね」

小籐次はうづの菜切り包丁を手に取ると、

「商いで研ぐ余裕はないが、せめてうづどのの包丁くらいさっぱりとして旅に出よう」

と用意してきた砥石で刃毀れを埋めるように研ぎにかけた。手を動かしながらうづに、

「うづの、好きな人はおられるか」

「ええっ、いきなりどうしたの、赤目様」

「驚かしたか、すまぬ」

主従関係にある久慈屋の若い男女のことを説明した。

「浩介さんの迷いも分るわ。大店の婿に入るのは大変な苦労ですものね。だけど浩介さんは幸せよ。おやえ様が浩介さんを信頼して支えておられるのですもの。第一お好きなんでしょう」

「昔から身分を越えて憎からず思っていたそうだ。それがなにより大事かのう」

「酔いどれ様、私の家は小さな百姓家、兄さんもいるし婿をもらう要もないわ。どこかの次男坊か三男坊と所帯を持ってひっそりと暮らすのよ」

「未だ好きな相手はおらぬのか」

「いません、赤目様」

「それは困ったな」

「困ったって、赤目様が困ることではないわ」

「まあ、な」

「好きな人ができたら、赤目様に一番に知らせるわ」

小籐次はようやく破顔し、

「役には立つまいが、相談相手にはなるでな」

うづの菜切り包丁が研ぎ上がった。

「よし、竹藪蕎麦（たけやぶそば）に曲物師（わげもの）の万作親方、経師屋（きょうじ）の安兵衛親方のところを順繰りに挨拶して参る」

「お昼ご飯、一緒に食べましょう」

「そう致そうか」

小籐次は細長く板を棒杭の上に並べただけの船着場から蛤町裏河岸に上がった。

まずは美造（よしぞう）の竹藪蕎麦だと路地を曲がると、店から蒸籠（せいろ）などがぱらぱらと表に飛んできた。

「なんだな、一体」

小籐次は店の前に立った。

「やい、親分の言うことが聞けねえか、美造」

「きけねえな。確かに縞太郎（しまたろう）はおれの長男坊だったこともあらあ。だがよ、六、七年も前から酒、女、博奕に入れ込んで店の金に手を付けるようになって、親のおれが勘当した。縞太郎がどこでどう生きてきたかしらねえが、おれとは関係ねえ。この店の沽券を賭けて縞太郎がさいころ博奕をして勝とうと負けようと、おれの知ったこっちゃねえ」

「美造、おめえがなんと言おうと縞太郎はこの家につながりを持っていたんだ。時折、戻ってきては小遣いをお袋からもらっていたんだぜ。まだ親子の縁が切れてねえ証しだ」

「女房が縞の野郎に小銭をやろうとどうしようと、おれの気持ちは変わりねえ。出鱈目な証文で縞太郎の不始末のかたに店をとる、ふざけたことを吐かすねえ」

美造の必死の抵抗が続いていた。

「美造、致し方ねえ。この蕎麦屋、今日限りとおもいねえ。叩き壊して蛤町裏河岸に家財道具、商売道具の一切合切叩きこむぜ」

年配の声がした。

「やるなら先におれを叩き殺してからやりやがれ」

「ならばそうさせてもらおうか。野郎ども、美造を担ぎ出せ」

「殺せ、殺してからにしろ」

「包丁なんぞ持ち出して怪我をするぜ」

小籐次は、

「ごめん」

と声をかけると、さして広くもない蕎麦屋に身を入れた。

二

竹藪蕎麦の店内ではやくざがうろうろし、壁際に腰を下ろした浪人が種物用の丼に酒をなみなみと注いで飲んでいた。

「爺さん、店は休みだ。他をあたりな」

子分の一人が前掛けをした小籐次に命じた。

荒んだ顔の若い男が後ろ手に縛られて土間に転がされていた。それが美造親方の倅縞太郎だろう。

小籐次は破れ笠を被った格好で店を見回した。

美造の姿はやくざ者に囲まれて見えなかった。

「およその話は外で聞いた。親方は倅どのとの縁を切ったと申しておられるのだ。

ここはいったん引き上げなされ」

「爺さん、邪魔はするなって命じたぜ」

「わしもこの家にちと頼みがあってな、訪れたところだ。そなたら、出直したほうがよかろう」

「分らない爺だぜ。痛いめにあわないうちに出ていきな」

と矮軀（わいく）の小籐次の襟首をいきなり肩口から摑（つか）もうとした。

「愚か者めが！」

小籐次の大喝が響き渡り、無造作に伸ばされた腕を下から逆手に摑んで捻（ひね）ると、子分の体が投げ飛ばされてもんどり打って表に消えた。

「やりやがったな」

狭い店で匕首（あいくち）を抜いた者もいた。

小籐次は自ら表に出た。さして広くない路地だ。道幅一間余だが、店の中より動きがつく。野次馬が、
ぱあっ
と左右に散った。その真ん中に小籐次に投げ出された男が転がって呻（うめ）いていた。

ぱらぱらと仲間が飛び出してきた。

最後に縞羽織の親分が悠然と姿を見せた。そのあとに美造がよろめくように出てきて、

「赤目様」

と、ほっとした顔をした。

「仔細はおよそ聞いた。勘当した倅の行状をタネに店を乗っ取ろうとは、ちと無理があるな」

と美造に安心するように言うと、

「親分、どちらで看板を掲げておられる」

「櫓下（やぐらした）の雲蔵だ」

「事情は親方から聞いたであろう。若い縞太郎が苦し紛れに賭場で書いた証文は世間様には通用しまい」

「うるせい。この爺から畳んで堀に投げ込め」

「親分、やめたほうがいいと思うわ」

いつ路地に来ていたか、背に竹籠を担いだ野菜売りのうづが言った。触れ売りにいこうとしていたか。

「なんだと、この女（あま）」

「親分さん、赤目様を知らないの」

「なんだ、あかめって」

「大名四家をお一人できりきり舞いさせた御鑓拝借の赤目小籐次様、またの名を酔いどれ小籐次っていっても覚えがないの」

「な、なにっ！　酔いどれ小籐次がこの爺だって」

櫓下の雲蔵がたじろぎ、それでも、

「先生、のんびり酒なんぞ飲んでる場合じゃあねえぜ」

と店の奥に向って叫んだ。

丼を手に月代に醜い毛が生えた浪人が表に姿を見せた。六尺三寸はありそうな大兵である。

「この爺が酔いどれか」

丼に残った酒を口に含み、恐ろしく長い刀の柄に吹きかけ、酒器代わりの丼を投げ捨てると、土間にあたって割れた。

小籐次はただひっそりと立っていた。

大兵が刀を抜き、肩に担ぐように立てて構えた。さすがに堂々とした大きな構えだ。

「参る」

「そなた、血腥い仕事で身過ぎ世過ぎをしてきたようだな。生きていては世間様に迷惑がかかろう」

「大言壮語致すでない」

「命を取るのはちと酷か。だが、もはや用心棒稼業はできぬと思え」

両足を開き気味にした小籐次の腰が僅かに沈んだ。孫六兼元をゆっくりと抜くと峰に返して、正眼に取った。

「甘く見るでない」

大兵はじりじりと間合いを詰め、

ふうっ

と息を吐くと一気呵成に踏み込み、担いだ大刀を小籐次の破れ笠を被った脳天に懸河の勢いで振り下ろした。

そより

小籐次が踏み込んだ。踏み込みつつ、峰に返した兼元を、大刀を振り下ろす右肘に放った。

がつん

と骨が音を立て、
ぐしゃり
と砕けた。
大兵の手から大刀が飛び、竹藪蕎麦の由来の竹藪に落ちた。
ぶらりと垂れ下がった右腕を抱えた大兵の用心棒がその場に両膝(りょうひざ)を突き、
嗚呼(ああ)
と呻いた。
「櫓下の親分、用心棒どのを医師の元へ早く運ばぬと右腕を切り落とすことになるぞ」
言葉を失った雲蔵が呆然(ぼうぜん)と立ち竦(すく)んでいたが、がくがくと頷いた。
「や、野郎ども、奥村先生を家に運べ」
へえっ
と匕首を鞘に収めた子分が脂汗を流す奥村を抱え上げようとした。
「親分、ものは相談だがな。賭場で縞太郎が書いたという証文、後学のためにそれがしに見せてはくれぬか」
小籐次が抜き身を構えて、眼光鋭い掛け合いだ。

「へえっ、これで」

畳まれた証文を雲蔵が突き出した。

「高く投げ上げてみよ」

「投げるって、どうしようってんだ」

「やれば分る」

雲蔵がふわりと虚空に証文を投げた。

小籐次がその下に入り込み、再び孫六兼元を一閃させると証文が二つに切られ、
ああっ
という雲蔵の悲鳴が上がった。だが、兼元は動きを止めなかった。二つに切られた証文を刃が襲い、二つを四つにさらには四つの紙片を八つにと切り刻んで、最後には竹藪蕎麦の路地に時ならぬ桜吹雪を舞い散らせた。

「親分、そなたの企（たくら）みも夢まぼろしじゃな」

「お、おれの証文が」

「これ以上あれこれと手を出すようなれば、酔いどれ小籐次が櫓下に暴れ込む。その折は証文の桜吹雪では済まぬぞ。相分ったな、雲蔵」

「ど、泥棒」

「そなたに言われたくはないな」

雲蔵らが転がるようにして竹藪蕎麦の路地から逃げ去り、職人の半次が塩の入った竹笊（たけざる）を抱えて店から飛び出してくると、

「お清めだ」

とばかり天に向って撒いた。

小籐次は兼元を鞘に収めた。

「赤目様、すまねえ。このとおりだ」

美造が両手を合わせて小籐次を拝んだ。

「親方、手を下ろしてくれぬか。この赤目、未だ仏様になった覚えはない。それより倅どのの始末だな」

ああっ
とそのことを思い出した美造が家に飛び込んでいった。

「赤目様」

うづが背の竹籠を揺すりながら声をかけた。

「なんとも慌ただしいのう」

野次馬が散った。

小籐次が店の敷居を跨ぎ、うづが暖簾を分けて顔だけ店の中に突き出した。

店の土間に転がされていた縞太郎の縛めの縄を包丁で切った美造が、

「縞太郎、出ていけ！」

と怒鳴っていた。

のろのろと体を起こした縞太郎が不貞腐れた顔をして土間に胡坐をかいた。

「おまえさん」

釜前から柄杓を手にしたおかみさんがおろおろ顔で言いかけた。

「おはる、黙ってろ。おめえが餓鬼の頃から甘やかしたからよ、こんな半端者になったんだ。まだ分らないか」

「そうは言っても追い出せば、また悪い仲間と付き合うよ」

「こいつの甲斐性なら仕方があるめえ」

美造の目がふと戸口に立つ小籐次にいった。

「赤目様、なんとも無様なところを見せたねえ」

「親方にこのような倅どのがいようとは知らなかった」

「どこでどう勘違いしたか、店の売り上げに手を付けるようになったのが発端でさあ。その度にきつく叱ったり折檻したんだがなおらねえ。ついにはやくざ者と付き合うようになって、この始末でさあ」

「家を出て何年になるな」

「二年でしたかねえ」

「おまえさん、一年と八月だよ」

「年はいくつだ」

「十九になったばかりです、酔いどれ様」

「十九にもなりやがって、この様だ」

夫婦で言い合った。

「どうしたものかのう」

小籐次にも思案はない。

「どうしたもこうしたも、一旦勘当した倅をおいそれと家に入れるわけにはいきませんよ」

おはるが亭主の美造を哀願の表情で見たが、美造の険しい顔になにも言えなかった。

「縞太郎、そなた、仕事に就いたことはないのか」

「うちの人が他人の飯を食べて苦労するのが一番って、回向院前の藪蕎麦に修業に出したのが十五の年でした」

　縞太郎は口を利く気もないのか、母親のおはるが返事をした。

「半年もしねえうちに、蕎麦屋は嫌いだの奉公が厳しいだの、泣き言を女房に訴えやがって、とどのつまりは家に戻ってきたんでさ」

「以来、奉公はなしか」

　小籐次が胡坐をかいて縄目の痕を摩(さす)る縞太郎の前に片膝を突いて顔を見た。目がきょときょとして落ち着きがない。それは気性の弱いことを表していた。

　縞太郎の片手が不意に懐に突っ込まれた。その手を小籐次が、
　すうっ
　と押さえた。

「なにしやがる、爺」

「言葉だけは一人前か。懐に呑(の)んだものをゆっくりと出せ」

「押さえられてちゃ、出すものも出せねえぜ」

　小籐次が縞太郎の手を離した。すると、縞太郎が懐手はそのままに胡坐からふわりと立ち上がった。小籐次よりも身丈が五寸は高かった。

「厄介をかけたな」

縞太郎がだれに言うともなく表に飛び出そうとした。

「縞太郎さん、先にやることがあるでしょう」

縞太郎とは昔からの知り合いか、うづの厳しい声が飛んだ。

「てめえも余計な口出しか」

「やくざの真似をしておかしいわ。一端(いっぱし)のつもり」

「煩(うる)せえ」

「お父つぁん、おっ母さんに謝りなさい」

うづは竹藪蕎麦の入口に立ち塞(ふさ)がって言い切った。

「うづ、怪我をしねえうちにどけ」

懐手がそろりと抜かれた。

「あっ、この馬鹿者(ばかもん)が」

美造が叫び、逆手に匕首を構えた縞太郎が、

「親父面するねえ、ただ釜の前で蕎麦を茹(ゆ)でているだけじゃないか。親父らしいことを一遍でもしたか」

「なにを！」

美造が縞太郎の胸倉を摑もうとし、縞太郎が手にしていた匕首を突き出した。

あっ
という間もない一瞬の出来事で切っ先が美造の胸に刺さり、流れた。

小籐次が縞太郎の匕首を握る手首を摑むと、腕をもう一方の小脇で抱え込んだ。

ひょろりとした縞太郎に矮軀の小籐次がしがみついた格好だが、ぴくりとも動かなかった。

「匕首を離せ」

「てめえこそ、腕を離しやがれ」

「逆上せ者が。痛い目に遭わねば分らぬか」

小籐次が手首の関節をぐいっと押しながら捻ると、

「い、痛てて」

と言いながら縞太郎が匕首をぽろりと土間に落とした。

「おまえさん」

弾みで倅の匕首に刺された美造が土間にへたり込んでいた。

「おじさん」

竹籠を投げ捨てたうづが店に飛び込んできて、美造が両手で押さえる傷口を調べようとした。

「動くでないぞ、美造どの」

そう命じた小籐次も美造の傍らに膝を突き、襟を大きく開(はだ)けて美造が押さえる傷口を見た。長さ一寸五分ほどの傷口から血が噴き出してきた。急所の心臓を二寸ほど下に外れて、傷も深いとは思えなかった。

「おかみさん、焼酎とさらし布か手拭(てぬぐい)を持ってきてくれぬか」

「はっ、はい」

小籐次とうづは美造を土間から小上がりに運び、寝かせた。

おろおろするおはるに代わり、奉公人らが焼酎とさらし布を小籐次に持ってきた。

小籐次は貧乏徳利の栓を口で開けると、自らの口に含み、傷口に吹きかけた。血はどくどくと流れていく。何度か消毒した後にさらし布で押さえ、血止めをした。

「まず、大丈夫とは思うが、ご町内の医師を呼んできてくれぬか」

小僧が飛び出していった。

美造の顔が真っ青だ。

「どうだ、気付けに焼酎を口に含むか」

「酔いどれの旦那じゃねえや」

「その口なれば大丈夫だな。医者を呼んだのは余計だったかな」

「酔いどれ様、亭主の命に別状ありませんよね」

おはるが小籐次に聞き、

「かすり傷だ」

「死にませんよね」

「死にはせぬ」

おはるがその場にぺたりと腰を落とした。が、すぐになにかに気付いたように、

「縞太郎」

と叫ぶと、辺りを見回した。

小籐次とうづが治療をする間に縞太郎はその場から逃げ出し、土間に抜き身の匕首だけが転がっていた。

「縞太郎！」

と叫ぶおはるに、

「今更名前なんぞ呼んでどうなる。あいつはおれたちの倅じゃねえ」

と美造が弱々しい声で応じた。

「縞太郎さん、おはるさんの連れ子なの」

とうづが法乗院の門前を小籐次と並んで歩きながら、言った。

美造の治療を小僧が呼んできた町内の老医師に任せ、小籐次とうづは竹藪蕎麦を出てきたところだ。

「縞太郎さんが三つの頃だと聞いたことがあるわ。ううーん、でも親方はおはるさんの連れ子の縞太郎さんに一度だって邪険な扱いをしたことがないの。それどころか、血の通ったわが子以上に厳しく優しく育てたの」

「それがなぜ、あのようにぐれたかのう」

「そこよ」

「うづどのはなんぞ心当たりがあるか」

うづはしばらく口を噤んで歩いていたが、

「私がまだおっ母さんに連れられて、この界隈に商いに来ていたころのことよ。縞太郎さんの姿をよく普請場で見かけたわ」

「普請場だと」

「そう、大工さんが手斧で梁なんぞを削っているところを熱心に見ているの。縞太郎さん、蕎麦屋よりそんな手仕事がしたかったんじゃないかしら」

とうづが言った。

三

曲物師の万作親方は、小籐次から水戸行きの挨拶を受けた後、

「二十日も江戸を離れなさるか。酔いどれの旦那がいねえとなると滅法よ、気持ちが塞ぐぜ」

と呟(つぶや)いたものだ。

「親方、わずか二十日にござる。またよしなにお願い申す」

「久慈屋さんの供だ、気をつけてな」

「有難うござる」

「赤目様、渋茶だが淹(い)れ立てだよ」

おかみさんが茶請けの青菜漬けと一緒に茶を供してくれた。

小籐次はおかみさん自ら漬けたという青菜を掌(てのひら)に載せて口に入れ、

「美味じゃな」

と言うと莞爾と笑った。またそのあとの茶がなんとも美味しかった。

「親方、蛤町裏河岸の竹藪蕎麦の倅のことだがな、よう承知かな」

「赤目の旦那が珍しいこともあるもんだ、他人の話を持ち出すなんてよ。縞太郎さんは外に出ているぜ」

「最前会った」

「あのぐれ太郎に会ったたって」

小籐次は竹藪蕎麦での一連の騒ぎを万作に話した。

「なんてこった。勢いとはいえ縞太郎が美造親方を傷付けたって。おはるさんの立場もないぜ」

「連れ子だそうだな」

「美造親方がさ、亭主を亡くした若後家のおはるさんに惚れて所帯を持ったんだ。縞太郎のことだって、わが子同然に慈しんで育ててきたぜ」

「そのようだな」

「うちの太郎吉とは遊び仲間だ」

と万作の傍らで鉋を使う倅を見た。

「あいつ、なんでぐれたんだ」

万作の下で倅の太郎吉が一緒に仕事をするようになったのは最近のことだ。若い者の話は若い者が承知と思ったか、父が子に尋ねた。

「奉公に出されてよ、半年で尻を割って家に戻ってきたんでさ。美造親方が怒たって話でよ、それ以来父子の仲がうまくいかなくなったんだ。親方は何度も奉公先に戻るように説得したが、縞太郎がどうしてもうんといわないんでよ、自分の下でなんとか仕込もうとなされたんだよ。まあ、若い内は親父が親方なんて鬱陶しいぜ。まして、おれんちと違って実の親子じゃねえしな」

「縞太郎は血が繋がってないことを気にしておったか」

「そりゃしていたろう。それでも親父の言うこと聞いて蕎麦屋の修業にも出てみたが、結局好きでもねえものは長続きしねえや」

「うちと様子がだいぶ違うな」

「親父がそう思うだけで内情は一緒だぜ。おれの出来がいいからなんとかうまく行っているだけだ」

　普段無口な太郎吉がえらくはっきりと言い、万作が応じた。

「馬鹿野郎、おれが手加減しているからよ、おまえがなんとか尻も割らないで辛抱できてんだ」

「こちらはそのように腹蔵なく話もできる。また以心伝心で相手の気持ちを察し、伝わりもする。どうやら美造親方と縞太郎の義理の父子はそうではなかったようだな」

「互いが遠慮したかねえ」

「奉公から戻ってどれほど過ぎたかねえ。縞太郎め、悪仲間に誘われて石場に遊びに行き、年増女の手練手管にめろめろにされてよ、三日に上げずに通うようになったのさ。それで遊ぶ金に困って店の売り上げに手をつけたってわけだ」

石場とは深川の悪所の一つである。越中島近くに古石場と新石場の二カ所があった。

「その女とは手が切れたか」

万作が太郎吉に聞いた。

「いや、その前に話があるぜ、お父つぁん」

「なんだ」

「その女が博奕好きでさ、縞太郎はそのせいで丁半博奕の味を覚えたのさ。一端の顔をして賭場に出入りするようになったのも赤蟹（あかがに）のおせんって年増女郎の手引きだ。縞太郎、近頃、おせんから別の見世の若い女郎に乗り換えて、その娘にぞっこんだってさ、おせんがえらく怒っているって話だぜ。今度の話もおせんが櫓下の雲蔵と組んで仕組んだってことも考えられるな。今日のところは赤目様の力で収まっても、またひと悶着ある」

と太郎吉がご託宣した。

小籐次と万作は顔を見合わせた。

「赤蟹のおせんか」

「なんでもあそこに近い内股によ、蟹の彫り物があるんだと。縞太郎が言うにはよ、上気すると赤く染まるんだって」

「おめえ、えらく詳しいな」

万作が父親の顔で心配げに言った。

「お父つぁん、若い者は若い者同士であれこれと話が通じるのさ。おれは石場の女郎なんぞにとっ捕まらないから安心しな」

「一丁前のことを抜かしやがって」

万作はそれでも安心した様子で答え、小籐次の顔を見た。

「どうしたものかねえ」

「親方、これればかりは美造親方の気持ち次第だな」

「そうだねえ。頼まれもしねえのに他人が首を突っ込むのは騒ぎを大きくする因かもしれないね」

「茶を馳走になった」

と答えた小籐次は上がり框から腰を上げた。その足で経師屋の安兵衛親方の作業場を訪ね、水戸行きの話をして二十日の留守の許しを乞うた。

小籐次が蛤町裏河岸に戻ってみると、新たな騒ぎが起こっていた。

竹藪蕎麦の店の前で長半纏をぞろりと着込んだ番頭風の男がおはると何事か真剣に話し合い、おはるがおろおろとしている様子が見えた。

「おかみさん、親方の加減はどうだ」

小籐次の言葉に顔を向けたおはるが、

「赤目様、縞太郎の馬鹿が櫓下の親分にまた捕まったよ」

と訴えた。

「どういうことだな、おかみさん」

おはるが男の袖を摑むと、

「この人は新石場の女郎屋、亀屋の番頭さんですよ。最前、縞太郎が血相変えて見世に飛び込んできたところを張り込んでいた櫓下の雲蔵の子分たちに捕まって、どこかへ引きずっていかれたと知らせに来てくれなさったんだ。赤目様、わたしゃ、亭主を刺した縞太郎を許せない。だけど、このまま縞太郎を放っておいていいかどうか」

おはるは連れ子のしでかした騒ぎに戸惑い、どうしていいか身の置き所もない様子だ。

「美造親方はどうだな」

「赤目の旦那の血止めが良かったせいで、四、五日も寝ていれば傷は塞がるとさ。医者の見立てだ」

首肯した小籐次は女郎屋の番頭の顔を見た。

「おまえさん、よう知らせてくれなさったね」

「ただ知らせに来たんじゃないんで」

「どういうことだな」

「あいつら、縞太郎さんの馴染みのおはままで連れていきやがったんで。うちじゃあ、抱え女郎をただで櫓下の雲蔵の息がかかった見世に取られるなんていわれはありませんよ。そいつを縞太郎さんの馴染みだというだけで強引に連れていったんで」

小籐次はようやく事情を察した。

「番頭どの、そなたの名は」

「へえっ、中之助で」

「中之助さんや、こたびの連れ去りに赤蟹のおせんが一枚嚙んでおると思うか」

中之助がぽかんとした顔で小籐次を見た。

「おまえ様、事情を承知なんで」

「酔いどれ小籐次である。すべてお見通しと思え」

小籐次は女郎屋の番頭相手に威張ってみせた。

「酔いどれ小籐次って、あの御鑓拝借のお侍か」

「中之助さん、あったりまえだ。このお方が正真正銘、酔いどれの赤目小籐次様だ」

とおはるも口を合わせた。

「助かった。酔いどれの旦那、雲蔵のところからおはまを取り返しておくんなさい。うちの売れっ子なんだよ」

「しばし待て、店前では話もできぬぞ」

小籐次は、おかみのおはると中之助の二人を店に誘い入れた。

竹藪蕎麦は最前の騒ぎで商いを休んでいた。釜前では半次が手持ち無沙汰に佇んでいた。

小籐次は薄暗い店の小上がりに腰を下ろすと、

「中之助さん、雲蔵一味は縞太郎とおはまの二人を雲蔵の息が掛かった見世に連れ込んだと思うか」

「竹藪蕎麦の騒ぎのあとだ。酔いどれの旦那が一枚嚙んでいるとなれば、雲蔵親分もしばらくどこぞに隠して、ほとぼりが冷めるのを待つだろうな」

女郎屋の番頭は冷静に状況を判断した。小籐次も頷き、

「となると、二人が連れ込まれた先を探すのが先決だが、心当たりはないか」

「女郎屋の関わりならばなんとか察しもつくがよ。雲蔵親分はきっと別の隠れ家に二人を連れ込んでいるぜ」

「であろうな」

小籐次はおはるに顔を向けた。

「おかみさん、丼に酒を一杯馳走してくれぬか。こう頭の中がぱさぱさに渇いていてはいい考えも浮かばぬでな」

おはるが、

「こんなときになんだ」

という表情をしたが、小籐次の異名を思い出し、

「そうだよ、酔いどれ様の酒は知恵水だったねえ」

と急いで台所に飛び込み、大丼に上酒を注いで運んできて、小籐次に差し出した。

「頂戴致す」

小籐次は大丼になみなみと注がれた酒を口から迎えに行き、窄（すぼ）めた口を縁につけると、吸いながら丼を傾けていった。

きゅっきゅっ
と喉（のど）が二度三度と鳴り、胃の腑に見事に消えた。

「赤目様、もう一杯注いでこようか」

「いや、一杯で十分にござる」

それでもおはるは、

「半次、大徳利にたっぷりと酒を注いで、ここに持ってきな」

と職人に命じた。

中之助は、小籐次の飲みっぷりを呆然として見詰めているだけで、一言も口を

利かなかった。

「番頭さん、八幡橋際に曲物師万作さんの住まいがある。倅の太郎吉どのが親方と一緒に働いておられる。わしが呼んでおると連れてきてくれぬか」

「太郎吉さんだね」

中之助が竹藪蕎麦を飛び出していった。

「おかみさん、縞太郎は蕎麦屋を継ぎたくなかったようだな」

「赤目様、ようご存じで」

「すべて縞太郎と遊び仲間だった太郎吉から聞きかじった話だ。亡くなった亭主は大工だったか」

おはるは美造を気にしたように店の奥にちらりと目をやり、

「いえ、大工ではございません。指物師でした」

と小声で答えた。

「縞太郎は実の父親を知らぬのだな」

「はい。三つ前に亡くなりましたから、顔すら覚えていません」

「それでも実の父親と同じ木を扱う仕事を望んだようだな」

おはるがこっくりと頷いた。

人の気配がした。店の奥から美造が蹌踉と姿を見せた。

「おまえさん」

「赤目の旦那、おれが蕎麦屋を継がせようとしたのが間違いの発端だったようだな」

美造が肩を落として小籐次の傍らに腰を下ろした。

「親方、そなたは親切心から縞太郎に勧めたことだ。間違いなどであるものか」

「縞太郎はぐれたぜ」

「そこだ。このへんの糸の絡み合いを解きほぐすにはどうすればよいかのう」

小籐次が自問し、おはるは縞太郎と一緒に馴染みの女郎のおはままでが櫓下の雲蔵一味に捕まったことを美造に話した。

「縞太郎の馬鹿めが、女郎まで巻き添えにしやがって」

美造が縋るような目で小籐次を見た。そこへ太郎吉が、そして、その後ろから亀屋の番頭の中之助が飛び込んできた。

「太郎吉さん、仕事中すまないね」

おはるが太郎吉に言った。

「また縞太郎が捕まったって」

太郎吉の言葉に頷き返した小籐次は、

「親方、ここはわれらに任せよ。医者の命どおりに横になっておられることだ。傷が膿んでは治りが長引く因ゆえな」

「へえっ」

と答えた美造が立ち上がりながら言った。

「赤目様、女郎と縞太郎の命が助かるというのなら、この店なんぞは雲蔵に呉れてやってもいいぜ」

「お、おまえさん」

「気持ちは相分った。おかみさん、親方を奥へ連れていかれよ」

「ちょいとお待ちを」

おはるは小籐次の傍らに置かれた大徳利を見ると、

「好きなだけ飲んで下さいな、赤目様」

と言い残して美造に肩を貸すようにして奥に消えた。

「太郎吉どの、事情は番頭どのから聞いたか」

「およそのところは」

「よし。まず二人がどこへ連れ込まれたか知りたい。そなた、心当たりはないか」

太郎吉が顔を横に振り、否定した。だが、

「赤目様、ちょいと時を貸してくれるならば探り出してみせますよ。深川界隈のことだ。おれたち、土地っ子の友達の網にどこかで引っかかるもんだよ」

太郎吉は幼馴染や遊び仲間を総動員して調べると付け加えた。

「頼もう。わしはこの店か、蛤町裏河岸の小舟に御輿(みこし)を据えて待つ」

合点した太郎吉が竹藪蕎麦を跳び出していった。

「赤目様、わっしはどうします」

「おまえさんは見世に戻っておりなされ。雲蔵からなんぞ言ってこぬとも限らぬからな」

「へえ」

と畏(かしこ)まる中之助に、

「番頭さんや、縞太郎が惚れたおはまはどんな娘ですね」

「新石場の女郎屋に売られてまだ一年と経(た)ってねえ娘だ、世間でおぼこといってても通りまさあ。愛らしいし気性もいいし、海千山千の赤蟹のおせんなんぞと比較になるものですか」

「身売りの金子（きんす）はどれほどだ」

「はっきりは承知していませんが、三十両だったと思います」

頷いた小籐次が傍らの大徳利を持ち上げた。その様子を見た中之助が、

「わっしはこれで」

と竹藪蕎麦から姿を消した。

小籐次は大徳利を摑むと空の大丼に酒を注いだ。それを口に持っていこうとすると小さな顔が戸口から覗（のぞ）いた。

「おや、竹藪蕎麦は休みか」

「捨吉か」

「あれっ、酔いどれ様が勝手に酒を飲んでいるぜ。駿ちゃんはどうした」

「明日から水戸に参るでな、わしだけが得意先に挨拶に来たところだ」

「そんで酒を飲んでいるのか。蕎麦屋は休みか」

「捨吉、そなた、この家の倅、縞太郎を承知か」

「ろくでなしだね。近頃じゃあ、一端の博奕うちを気取っているぜ」

小籐次は手招きした。

捨吉が薄暗い店に入ってきた。

「小遣いを稼ぐ気はないか」

小籐次は一朱を見せた。

「姉ちゃんに内緒の一朱か、なんでもやるぜ」

小籐次は最前からの騒ぎを掻い摘んで話し、櫓下の雲蔵が縞太郎とおはまを連れ込んで隠す塒を暴き出してこいと命じた。

「おれの仲間を使ってもいいか」

「よかろう。うまく隠れ家を探し出した暁には捨吉の仲間には一人頭五十文出す」

「この一朱はおれのもんだね」

「受け取れ」

捨吉が小籐次の指先に摘まれた一朱をさっと摑み取った。

「酔いどれの旦那、この捨吉様の働きを見せてやるぜ」

捨吉がそう言い残すと、脱兎のごとくに竹藪蕎麦から消えた。これで再び小籐次独りになった。

最前飲みかけた大丼を改めて抱えると、ゆっくりと口につけた。三杯ほど胃の腑に納めて小籐次は上がり框の柱に背を預け、両眼を瞑った。

四

人の気配に目を覚ました。

「赤目様」

姉様被りのうづが表に立っていた。

西に傾いた光がうづの背中越しに竹藪蕎麦の土間に差し込んでいた。

「商いはどうした」

「今日の品はみな捌けました」

「ならば帰る刻限であろうが」

「捨吉さんに聞いたんです。縞太郎さんたら、せっかく赤目様が助けたというのにまた捕まったんですって」

「こたびは若い女郎と一緒だ」

「なんていうことでしょう」

と答えたうづが、

「奉行所には届けたのかしら」

と奥を気にしながら小籐次に聞いた。

「うづさんや、縞太郎がからむ話だ。おかみに届ければ、縞太郎も縄目を受ける羽目になるやも知れぬ。それを美造親方らは気にかけておられるのだ」

「そうか」

と言うと、うづが小籐次の隣に座った。

半刻か、二人だけの無言の時が流れた。じりじりするような気詰まりの時だった。時折、奥から職人の半次が顔を覗かせたが、小籐次とうづが手を拱(こまね)いて待つ姿にまた奥へと姿を消した。

路地にばたばたという草履の音が響いた。

「赤目様」

太郎吉が姿を見せ、小籐次が顔を上げた。

「櫓下から船で二人が連れ去られたところまで分ったが、行き先を突き止めるのに時間がかかっているんだ。そのことを知らせにきた」

「仲間が探しておるか」

へえ、と答えた太郎吉が、

「雲蔵のこった、二人を深川から連れ出してはいないと思うんだがな」

と頭を捻った。

「それでも深川は広いからな」

また捜索に戻ろうとする太郎吉に、

「待て、太郎吉」

と言うと、半次を呼び、

「半次さんや、蕎麦を作ってくれぬか」

と願った。

小籐次は太郎吉が昼餉も食べずに走り回っていることを承知していたからだ。

「あいよ」

半次は仕事を与えられて、ほっとした表情を見せた。たちまち竈に火が入れられ、台所に湯気が上がり始めた。すると、奥からおはるが握り飯を大皿に載せて運んできた。傍らには古漬けが添えてあった。

「蕎麦が茹で上がる間のつなぎですよ。皆、食べておくれな」

「おばさん、私、様子を見にきただけよ」

とうづが遠慮した。

「うちの馬鹿がみんなに迷惑をかけてさ。うづさん、わたしゃ、実のお父つぁんより可愛がって育ててくれた親方に具合が悪くて顔向けできないよ」

「親方、どうしていなさる」

小籐次がおはるに聞いた。

「熱に浮かされて寝てますよ」

「太郎吉、うづどの。おはるさんの厚意だ、頂戴しようか」

小籐次の言葉に太郎吉が真っ先に手を出した。朝餉以来食べてないのだ。腹が空いていて不思議はない。

うづも塩にぎりに手を出し、一口食して、

「おばさん、美味しい」

とおはるの気を紛らすように言った。そうこうするうちに蕎麦が茹で上がってきた。

「食べてくんな」

半次がかけ蕎麦を三つ運んできた。その蕎麦を食べ終わった頃、

「酔いどれ様よ」

捨吉の声が得意げに響き、小さな体が店に飛び込んできた。

「縞太郎さんが連れ込まれたところが分ったぜ」

「捨吉、ほんとうか」

「嘘なんぞつくものか」

捨吉の目は握り飯にいった。

「半次どの、もう一つ蕎麦を作ってくれぬか」

「合点だ」

半次が張り切って釜前に戻った。

「捨吉、握りを食べよ」

「いいのか、急がなくて」

「直ぐにもどこぞへ移される様子か」

「いいや、今晩は八右衛門新田の隠れ家で泊まりだな。用心棒たちと一緒に酒やら食べ物が運びこまれたもの」

「ならば、そなたが腹を満たす刻(とき)くらいあろう。しっかりと腹ごしらえして参ろうか。腹が減っては戦(いくさ)ができぬでな」

「三太が見張ってんだよ、逃がしはしないよ、酔いどれ様」

捨吉が手配りを報告した。

「よしよし、その者にも握りを持っていってやろうか」

捨吉は両手に握り飯を二つ摑むと、猛烈な勢いで食べ始めた。

「これ、そう急ぐでない」

小籐次の注意もものかは、捨吉は二つの握り飯を交互に口に押し込んでようやく一息ついた。

「捨吉に先を越されるとはな」

がっかりと肩を落としたのは太郎吉だ。

「太郎吉どの、そなたにも覚えがあろう。子どもの目は見様(みよう)が違うせいか、大人が気付かないことに気付くことがある。そのうえ、あちらこちらとよう動くで思わぬ着眼を持っておる」

「確かにそうだ。こちとら親父の下で怒られ怒られ仕事を覚えているうちに勘が鈍ったかな」

太郎吉は探索を途中で止めるのがいかにも残念そうだった。

「そなたも乗りかかった船だ。捨吉が探し当てた隠れ家まで付き合え」

「なに、赤目様。最後まで付き合っていいのかえ」

「これからが本式の戦だ」

「合点承知の助だ」

太郎吉が俄然張り切った。

「太郎吉さん、砂村新田と八右衛門新田との間を砂村川が流れているな」

手に付いた飯粒を舌先で嘗めながら捨吉が言い出した。

「おおっ、餓鬼の頃、泥鰌だ鰻だと採りにいったぜ」

「川の北側に妙久寺があってよ、直ぐ脇に稲荷社があらあ。その境内に社務所があってさ、普段はだれも住んでねえや。雲蔵親分の子分たちは縞太郎さんたちをそこへ連れ込んだんだよ」

「雲蔵め、深川の町家のどこぞに連れ込んだとばかり思っていたが、よくまあ、そんな遠くまで連れていきやがったな」

「ようもそのような場所に捨吉、目をつけたな」

「酔いどれ様、捨吉のよ、ここが違わあ」

とぽんぽんとまだ飯粒のついた手で頭を叩いた。

「捨吉、うちの二番出汁のけずり節を盗んだことを忘れるな」

と半次が言いながら、あつあつの蕎麦を捨吉に運んできた。

「ちぇっ、まだ覚えてやがらあ」

とほざいた捨吉が、

「半次さん、馳走になるぜ」

と丼を両手で抱えた。

蛤町裏河岸から小籐次の小舟に太郎吉、捨吉が乗り込み、うづの百姓舟と一緒に深川の堀沿いに東に抜けて横川に出ると、北に向い扇橋で小名木川を東に曲がった。そのまま進んで小名木川が横十間川と合流するところで、

「うづどの、遅くまで付き合わせたな。気をつけて帰られよ」

と葛飾郡平井村に戻るうづと別れた。

「赤目様方も気を付けてね」

「あとは任せよ」

灯りを点した小籐次の小舟は横十間川を南に入って八右衛門新田に進んだ。

寛永年間、足立郡大門宿の百姓源左衛門の子、八右衛門がおかみに願って開拓した新田だ。その広さは東西十二町、南北二町半といわれる。

小籐次の小舟は砂村川に入り、六、七町も進んだところで捨吉が、

「三太がべそ掻いていらあ」

と土手に悄然(しょうぜん)と立つ仲間を指差した。

「捨吉、遅いよ」

灯りを見つけてほっとした三太が土手を下りてきた。

「三太、握り飯を持ってきてやったぞ」

小舟が三太の待つ土手に着けられた。

「三太と申すか。ようやってのけたな」

太郎吉が舫い綱を手に土手に飛んだ。

「三太、社務所は変わりないな」

「捨吉、酒飲んでよ、騒いでいるだけだ」

「よし、よくやった」

と捨吉が仲間を褒め、

「ほれ、握り飯に茹で卵も付いているぜ」

とおはるが持たせてくれた包みを見せた。

「おれ一人で食べていいのか」

「おれたちは竹藪蕎麦でご馳走になったからよ、全部食え」

三太が小舟に乗り込んできた。

「三太、ゆっくり食せ。そなたらの仕事は終わったでな」

「酔いどれ様、おれたちを舟に残すつもりか」

捨吉が口を尖らせて不満を言った。

「なに、そなたらも戦場に出る気か」

「だってよ、その約束だろ」

うーむ
と考え込んだ小籐次が、

「本日の功はそなたらが立てたものだ。連れていくしかないか」

小籐次は三太が握り飯と茹で卵を食べ終わるのを待った。太郎吉は万が一に備えて舟の竿を持参するつもりか、土手で振り回していた。

「三太、相手は何人か」

「雲蔵親分におせんって女が一人、子分が四人にさ、用心棒の侍が三人もいるぜ。そいつら、このお侍より何倍もでかいぜ」

と三太が小籐次の矮軀を、

「大丈夫かな」

という不安な顔で見た。

「三太、真剣勝負は体のなりじゃねえよ。この酔いどれ様を信用しなって」

「酔いどれ様はいいとしてよ。曲物屋の太郎吉さんと捨吉におれだぜ」

「戦は数じゃねえよ、頭だよ。ねえ、酔いどれ様」

「捨吉、だいぶ知恵が付いたな」

三太は握り飯と茹で卵を一つずつ食い残し、竹皮に包み直すと懐に入れた。

「よし」

という三太の声に、小籐次がこれもおはるが持たせてくれた貧乏徳利の紐を小指にかけて摑み、器用に振り回して左の曲げた肘の上に載せると口で栓を抜いた。貧乏徳利に口を付け、
ぐびりぐびり
と喉に落とすと、最後の一口を孫六兼元の柄に吹きかけた。

「いざ、出陣じゃな」

「おうっ」

と太郎吉、捨吉、三太が呼応して、小舟から土手を上がった。

八右衛門新田の稲荷社は寛永元年（一六二四）に創建されたもので、はじめ深川稲荷、元禄期に志演(しのぶ)稲荷と改称したが、のちに降魔(ごうま)稲荷とも呼ばれた。降魔稲荷とは悪疫退散の効験があったせいだ。

暗い闇の中に灯りが点っていた。それが稲荷社の社務所だった。

「太郎吉どの、捨吉、三太、縞太郎とおはまを頼むぞ」

「酔いどれ様、一人で斬り込むのか」

と捨吉が聞いた。

「致し方あるまい。わしが表から押し込むで、太郎吉どのらは裏口があればそこから忍び込んでな、二人を助け出してくれ」

「合点承知だ」

捨吉が応じ、竿を担いだ太郎吉と三太が頷いた。

「闇に紛れて参れ。わしが飛び込んだ後、頃合を見計らって助けるのだぞ」

「分ったぜ、酔いどれ様」

三人が闇に紛れて消えた。

それを見送った小籐次は社務所から洩れてくる灯りを頼りに悠然と近付いた。

「縞太郎め、若い女郎なんぞに乗り換えやがってよ。赤蟹のおせんを嘗めんじゃないよ！」

女の酔っ払った声が響いてきた。縞太郎の悲鳴が上がった。

小籐次は開かれていた戸口の前で呼吸を整え、敷居を跨ごうとした。

土間の向こうに板張りがあり、囲炉裏が切り込まれていた。その周りに男八人が酒を酌み交わし、奥の柱に縞太郎とおはまらしい女が結わえ付けられていた。

おせんは手に雪駄を握り締めていた。それで縞太郎を折檻していたらしい。

「おせん、おはまの顔に傷つけるんじゃねえよ。あとで始末に困らあ」

「親分、こいつをどこに叩き売る気だ」

「おせんの目が届かないとこだよ」

と櫓下の雲蔵の答えに、どっと子分たちが笑った。

「くそったれが」

おせんがおはまの尻を足蹴にした。その体がよろめき、子分たちの視線が流れて敷居前にひっそりと立つ小籐次の姿に目を留めた。

「な、なんだえ、おまえは」

「縞太郎とおはまを迎えに参った」

小籐次の声に、囲炉裏端の男たちが改めて小籐次を見た。

「酔いどれ小籐次」

「どうしてここが」

雲蔵と子分が言い合い、三人の用心棒侍が傍らの大刀を手に立ち上がった。血に飢えた者特有の殺伐とした形相があった。

「先生方、こやつだ。殺してくんねえ！」

雲蔵が叫び、おせんが、

「殺っちまいな！」

と応じた。

板張りの床から最初の一人が飛び降りようとした。

その瞬間、小籐次が走った。走りながら腰間から孫六兼元が一条の光になって抜き打たれ、未だ虚空にあった用心棒侍の胴を深々と薙ぎ斬っていた。

げえぇっ！

土間に崩れ落ちる用心棒侍とは反対に小籐次は板張りに飛び上がった。その正面に構えた二人目が突きの姿勢で踏み込んできた。

小籐次は、
すいっ
と切っ先の動きを凝視しつつ半身で躱すと、小籐次の矮軀を押し潰すように突進してきた相手の肩口を小さく回転させた兼元で袈裟に斬り下げていた。さらに横手に小籐次の体が流れ、三人目の前に飛んでいた。

「おのれ！」

正眼の剣を上段に振り上げた途端、剝き出しの梁に刃が当たった。

巨漢の悲劇だ。

小籐次の刃が三度躍り、首筋から、
ぱあっ
と血飛沫が上がって囲炉裏端に三人目が崩れ落ちた。

一瞬の間の斬撃で、櫓下の雲蔵も子分らも座ったまま身じろぎする暇もなかった。

「すげえ！」

捨吉の声が上がり、太郎吉らが姿を見せた。

「太郎吉どの、縄目を切ってくれ」

小籐次は足元に転がっていた用心棒侍の刀の柄を軽く蹴り、太郎吉の下へ転がした。素手のところを見ると社務所に入り込むとき、竿を捨てたのだろう。

「はいよ」

太郎吉は小籐次の一瞬の斬撃に興奮して声が高ぶっていた。刀を拾うと雪駄で殴られて顔じゅうを腫らした縞太郎の縄目を切った。

「雲蔵、そなたの命、どうしたものかのう」

「よ、酔いどれ様、い、命だけは助けて下され」

雲蔵が両手を合わせて小籐次を拝んだ。

小籐次の血に濡れた兼元の切っ先が子分たちに回された。

四人の首が一斉に横に振られた。

「雲蔵、おはまの身だが、そなたが亀屋に身請け料を支払え。それがこたびの始末料だ。それともそなたの素っ首、胴から斬り放すか」

「し、支払います。亀屋にちゃんと身請けの金子支払います」

「証文を竹藪蕎麦に届けよ、いいな」

赤蟹のおせんがぺたりと板の間にへたり込み、泣き出した。

「なんだい、櫓下の親分って威張っていても、爺一人に降参かえ！」

「黙れ、おせん！」

おせんの罵声に雲蔵が叫び返した。

「おはまの身柄、この赤目小籐次がもらい受けた。異存はないな」

「ご、ございません」

小籐次がようやく兼元の血ぶりをして鞘に戻した。太郎吉はすでにおはまの縛

め も切っていた。

「よし、引き上げようか」

「おうっ！」

と捨吉が叫んで、小籐次一行は裏口から闇に消えた。

第二章　水戸への土産

一

小籐次が夜の大川を渡ったのは四つ（午後十時）過ぎのことだ。久慈屋では明日からの水戸行きを前に、小籐次が得意先の挨拶回りから戻ってこないというので心配しているであろうと推測した。だが、身が一つではどうにもならなかった。

縞太郎とおはまを伴い、竹藪蕎麦に戻ると、おはるや半次ばかりか、捨吉の姉のおさとらが心配顔で待っていた。そんなところへ縞太郎らが無事に戻ったというので、大きな歓声が上がり、捨吉が得意げに騒ぎの経緯をざっと語り聞かせた。

「姉ちゃん、ほんとうによ、酔いどれ様は強いんだぜ。あっという間によ、雲蔵の用心棒侍三人をさ、斬っちまったんだからな」

「捨吉、今晩はその話をしてもいいわ。でも、明日にはそのことは忘れるんですよ」

「なんでだ、姉ちゃん」

「町方に知られたら、赤目様にもこちらにも厄介がかかるかも知れないでしょ」

「そうか、そうだな。三太、そういうことだ。今晩のことは明日にはなかったことにするんだ」

と捨吉が仲間に釘を刺した。

「おれは大丈夫さ。それより捨吉のほうが心配だ」

と三太が答えたとき、よろよろと奥から美造が姿を見せた。土間に虚脱したようにへたり込んでおはるの介抱を受ける縞太郎が顔を上げた。

「縞太郎、生きて戻ってこられたか。よかったな」

しみじみとした美造の言葉に縞太郎が土間に正座して、

「お父つぁん、すまねえ。おれの了見違いだ、すまねえ」

と土下座して泣き出した。

「おまえさん、私からもこのとおりだ。この馬鹿を許して下さいな」

とおはるも頭を下げた。

初めて竹藪蕎麦に連れてこられた若い女郎のおはまは、どうしていいか分らない様子で三人の家族模様を見ていた。

「美造親方、ちと願いがある」

涙にくれた三人が慌てて顔を小籐次に向けた。

「縞太郎と一緒に雲蔵一味に捕まっていたおはまだ」

美造とおはるがおはまに視線をやった。

「お節介ついでだ。どうだな、縞太郎の女房として、この家に入れるつもりはないか」

えっ！

と縞太郎とおはまが驚きの声を上げた。おはるが、

「おまえさんが縞太郎の面倒を見てくれていたおはまさんかえ」

と女郎のなりの女に聞いた。こっくりと頷いたおはまが恥ずかしそうに派手な友禅の襟元を押さえ、

「おはまは亀屋に売られた一年前に付けられた源氏名です。親からもらった名はきょうです」

と答えた。

「そう、おきょうさんかえ。おまえさん、縞太郎と所帯を持つ気があるの、ないの」

とおはるが問い、

「それだ、そのことだ」

と美造まで念を押した。

「親方、おかみさん、突然のことで、どう返答してよいか分りません」

縞太郎が案じ顔でおきょうを見ている。それを見た美造は義理の倅に聞いた。

「縞太郎、おまえはどうだ」

「おきょうと一緒になれるんなら、おれ、どんなことでもする」

「親方、そんな無理が通りましょうか」

おきょうの言葉に美造が、

「赤目様、明日にも亀屋に掛け合いに行く。なにがなんでもおきょうを落籍してくるぜ」

と請け合った。

「おまえさん、この馬鹿のためにおまえさんに大金を出させていいものだろうか」

二人に所帯を持たせたいと考えたおはるだが、身請けの金子を案じた。

「縞太郎が真人間になるというのなら、おきょうと所帯を持たせるのも一つの手だ。その後、どう生きるかは二人が決めることだ」

「親方、おかみさん」

と叫んだおきょうが泣き出した。

「縞太郎、おきょうと所帯を持つか」

小籐次が重ねて尋ねた。

「赤目様、雲蔵に捕まったとき、あの世で夫婦になろうって二人で言い合いました。もしこの世でおきょうと一緒になれるんなら、どんなことでもして一から出直します」

「死んだお父つぁんと同じ職人の修業をなすというのか」

殴られて顔が潰れた縞太郎が、

「赤目様、おれには親父は一人しかおりません。竹藪蕎麦の美造って名でさあ。おいら、雲蔵にとっ捕まってようやく目が覚めました」

とはっきり言い切った。

「縞太郎!」

と美造が叫び、

「よう言うた、縞太郎」

と小籐次が褒めた。

「赤目様、親父が許してくれるんなら、今一度、蕎麦職人の修業を親父の許でやり直しとうございます」

小籐次が美造を見た。

「どうだ、親方」

傷を片手で押さえて立っていた美造が、
すとん
と小上がりに腰を落とし、

「酔いどれ様、縞太郎が思いがけなくも嫁を連れて戻ってきましたぜ。なんとしても蕎麦屋の嫁にするために、新石場だろうがどこだろうが、うちの有り金掻き集めて乗り込みますぜ」

と改めて言い切った。

「親方、それは案じるに及ばぬ」

「どういうことなんで」

「おきょうの身請けの金子は雲蔵に支払わせる。こたびの始末料にあやつと話がついておる。明日にも雲蔵が身請け証文をこちらに届けてこよう」

八右衛門新田の稲荷の社務所で話されたことだが、縞太郎とおきょうの耳には届いていなかったとみえ、

ぽかん

とした顔をした。

「おれもちゃんと聞いたぜ。櫓下の親分が酔いどれ様に命乞いしてよ、身請けの金は払うと何度も言ったぜ」

と捨吉が言い出した。それを聞いた美造が、

「なにからなにまですまねえ、赤目様」

と頭を下げた。

首肯した小籐次が、

「親方、ご一統様、わしは明日から水戸に参らねばならぬ。仕度などないが、久慈屋で心配しておろう。今晩はこれにて失礼致す」

と竹藪蕎麦から立ち去ろうとすると、捨吉が、

「あのう、酔いどれ様」

と手招きした。

「忘れてはおらぬ。三太の遣い賃だな」

と小籐次が懐から巾着を引き出すのを見て、おさとが、

「捨吉、おまえは小遣い目当てに赤目様の手伝いをしたのかい。赤目様にどれほど私らが世話になっているか、おまえも承知でしょう。そんなことは許しません」

と怒り出した。

「姉ちゃん、縞太郎さんを探し当てたらって約束の金なんだからさ。おれだけは前払いでもらったがよ、三太がただ働きはまずいよ」

と捨吉も抵抗した。

「おさとどの、捨吉も三太も命を張ったんだ。これくらいのご褒美があってもよかろう」

と五十文を三太の手に握らせた。

「ありがとうよ、酔いどれ様」

三太が初めて手にする五十文に顔を綻ばせた。

「捨吉、三太、いいか。どんなときだってかまわねえ、腹が減ったらうちに飛び

込め。なんでも好きなものを食べさせてやる」
と美造が約束し、
わあいっ！
と二人が歓声を上げた。
「だがよ、それもこれも縞太郎が立ち直るのが先だぜ。なあ、赤目様」
と太郎吉が言い出し、一座が頷いたものだ。

小籐次はおはるが持たせてくれた貧乏徳利の口から酒を飲んで、大川河口の流れを乗り切ろうと佃島を横目に築地川に小舟をなんとか入れた。

その足で久慈屋の船着場に乗り付けたとき、小僧の国三が提灯を提げて不安げな顔で帰りを待っていたが、

「赤目様、遅い」

と石段を駆け下ってきた。

「心配したか」

「心配なんてもんじゃないよ。大番頭さんは寝床に入れっていうけどさ、赤目様が戻ってこなきゃあ、寝られないよ」

「国三さんや、旅は七つ（午前四時）立ちが決まりだ。もう安心したろう、早く休め」

「明日、絶対に発つよね」

「間違いない。それより駿太郎はどうしておる」

「駿ちゃんはとっくに寝ているよ」

「そなたより感心ではないか。国三さん、安心して休め休め。そうしなければ明日がきついでな」

「赤目様、駿ちゃんはさ、この国三が面倒見るからね」

「安心しておる」

二人は船着場を上がり、久慈屋の表の通用口から広々とした土間に入った。

「いや、今戻られましたか」

大番頭の観右衛門と手代の浩介が迎えてくれた。

「大番頭どの、浩介どの、心配をかけたな」

「得意先で引きとめられましたかな」

「それが、そのような悠長な話ではございませんでな」

と前置きした小籐次はまず小僧の国三を寝床に追いやろうとした。

「赤目様、絶対に起こして下さいよ。国三をおいていかないで下さいよ」

と何度も念を押す国三は、

「小僧さん、早く寝ないとそなたの言うとおりになりますよ」

と観右衛門に脅されて慌てて二階の大部屋に上がっていった。

小籐次は残った二人に深川蛤町裏河岸の竹藪蕎麦の倅、縞太郎を巡る騒ぎの概略を告げた。

「なんとまあ、赤目様の身辺の慌ただしいことよ」

と観右衛門が感嘆した。

「それがしが望んだわけではござらぬ。だが、どういうわけか、そういう巡り合わせになるのだ」

「大番頭さん、明日からの道中も騒ぎが起こりましょうか」

「さあてな」

と首を傾げた観右衛門が、

「浩介、そなたも休みなされ。明日の道中に差し支えてもなりません」

と手代をその場から去らせた。

「大番頭どの、それがしも長屋に一旦戻る所存じゃが、なんぞ聞いておくことがあろうか」

「ございます」

「承ろう」

道中に関わる話と思ったからだ。

「店仕舞いの後、三番番頭の泉蔵が旦那様に浩介とおやえ様の一件の直談判をするという騒ぎを起こしましてな、私もその場に呼ばれました」

「ほう」

「泉蔵の言い分は、手代の浩介が若旦那になるならば久慈屋にこれ以上奉公はかなわぬ、というのです。そこではっきりとした真相を教えて下さいと何度も繰り返し、旦那様に強要いたしましてな。その折の泉蔵の両眼が据わっておりましたな」

「旦那の昌右衛門どのはどう返答なされましたな」

「この話、奉公人が関わる筋合いのものではない。久慈屋の奥とお店に関わる大事、時がくればちゃんと奉公人一同にも話しますと答えておられました」

「いかにもさよう」

「ですが、泉蔵は引き下がりませぬ。あまりしつこいゆえ、一奉公人の分際で差し出がましいことをするでない、と私が怒鳴りつけますと血走った目で睨みましてな、今にも摑みかからんばかりの形相です。そこで大番頭の権限で泉蔵の奉公を一時解き、田端村の実家に戻っておれと即刻お店から追い出しました」

「泉蔵さんの実家は田端村かな」

「母方の実家です。あやつ、自信家のうえにちと野心が有り過ぎます。大人しく田端村に戻ったかどうか。ともあれ、旦那様が水戸から戻られたあと、泉蔵をどうするか正式に決めることになりそうです」

「泉蔵さんには仲間がおったようだな」

「見習い番頭の市助と里三郎、手代の橋之助です。まあ、こちらは今のところ大人しくしております」

「大番頭どのの英断に肝を潰しておるのではござらぬか」

「まあ、そんなところかも知れません」

「こちらも騒ぎがあったとは考えもせなんだ」

「それと、泉蔵をお店から出した後、旦那様とお話しし、手代浩介の見習い番頭昇格とおやえ様とゆくゆく夫婦になることを一日も早く公表したほうがよかろうということで考えが一致いたしました」

「それはなによりの決断にござる」

小籐次は浩介の立場を一日も早く明確にすることが奉公人間の不信や邪推をなくし、気持ちを落ち着けることだと考えた。

「旦那様はこの一件を水戸から戻ってと考えておられましたが、明日皆様がお発ちになった後、私がこのことを奉公人に通達することが急遽決まりました」

「よき思案にござろう」

と答えた小籐次は、

「七つ前には戻って参る」

と観右衛門に約束して久慈屋を出た。

船着場に下りたところで人影が立っているのが見えた。

三番番頭の泉蔵だ。

「どうなされた、泉蔵どの」

「赤目様が浩介の野郎にあれこれと知恵を付けたようですな」

「なんの話かな」

「とぼけちゃいけませんよ。浩介の婿入りの話ですよ」

「泉蔵どの、そなた、田端村で謹慎しておれと大番頭どのにお店を出された身ではないかな。夜中に店の周りをうろつくようなことは、決してそなたのためになるまい」

「煩い」

「泉蔵どの、奉公とは九分方辛抱だ。自らに都合の悪いことも潔く受け入れなくてはならぬ。その苦労が先々で華開く」

「分ったようなことを言いやがって、覚えてなされ」

泉蔵が船着場から石段を上がって東海道の方へと走り去った。

小舟の舳先を堀留の石垣に寄せると、勝五郎は徹夜仕事か、灯りが点っていた。小籐次はまだ酒が八分目ほど残った貧乏徳利を手に長屋の敷地に上がった。気配に気付いたか、勝五郎が姿を見せた。

「急ぎ仕事が舞い込んだだか」

「半端仕事だがよ、ないよりはましだ」

と応じた勝五郎が、

「旦那、どえらい騒ぎがあったぜ」

と言い出した。

「騒ぎ、なんだ」

「旦那のところに大身旗本の奥女中が乗り物で乗り付けたんだよ。新兵衛さんがいつもの惚けた歌を歌っていたところへさ、すうっ、と乗り物が入ってきて木戸に止まったと思いねえ」

「おりょう様か」

「知り合いだってな」

「いつぞや長屋に訪ねてこられなかったか」

「あんな別嬪(べっぴん)見たら忘れないんだがな」

と勝五郎が舞い上がった顔で小首を傾げた。

「御用とはなんだな」

「しばらく旦那の長屋に入ってさ、文を書き残していったぜ。それとよ、おれに尋ねられたぜ。もう水戸に行かれたかってね」

「なにか急用でも出来(しゅったい)した様子かのう」

二刻(四時間)余り後には江戸を発つ身の小籐次だ。そのことを気にした。

「いや、そんなふうには見えなかったな。水戸から戻られた折にまた来るとさ」

小籐次は一先(ひとま)ず安堵した。

「あの奥女中はよ、酔いどれ様のなんだえ。まさかいい女ってわけもないしさ」

「いい女であってはいかぬか」

「えっ」

と勝五郎が驚くのを尻目に小籐次は長屋に入った。上がり框におりょうからの文が白く浮かんでいた。

小籐次がそっと取り上げると、おりょうの香の匂いがそこはかとなく漂ってきた。

「文があったろう。読むなら灯りを持ってきてやろうか」

「勝五郎どの、かたじけない。だが、今はよい。少しでも体を休めておかぬと道中に差し支えるでな」

小籐次は勝五郎の鼻先で腰高障子をぴしゃりと閉じた。

二

一刻半（三時間）ほど小籐次は体を休めた。目を覚ましたとき、体の節々がばりばりと音を立てているように思えた。

（わしも五十路を過ぎて無理が利かぬか）

そう思いつつも駿太郎のために生きねばなるまいと気持ちを引き締め、弱気心を改めた。

井戸端に行き、汲み置かれてあった桶の水で顔を洗い、乱れた頭髪を濡れた手で撫で付けた。顎を触ってみると無精髭がざらざらとしたが、

（致し方あるまい）

今宵の旅籠で髭を当たろうと、このことは忘れることにした。

小籐次が迷ったのは腰に携える刀に孫六兼元を選ぶか、伝来の備中次直にするかだった。

小籐次の手が、ふうっ、と次直の柄にいった。

（孫六、留守番じゃぞ）

小籐次は九尺二間の長屋の壁の一部に自ら工夫した隠し棚に孫六兼元を仕舞った。いつもの袷に裾が解れた裁っ付け袴、その背に道中嚢を負い、頭に破れ笠を被り、武者草鞋の紐をしっかりと結べば旅仕度はなった。

道中嚢には、足袋職人の円太郎親方が特製した革足袋と水戸の鞠姫への手土産とおりょうからの文が大事に仕舞われていた。

こたびの水戸行き、水戸藩江戸屋敷から、

「赤目小籐次、身一つで来府の事」

の言付けが久慈屋に届いていた。道具も材料もすべて水戸にて用意するとの伝言だった。

おりょうの文は道中にゆっくりと読むつもりだ。

（しばし留守を致す）

小籐次はがらんとした部屋に言い残し、上がり框に用意していた藁籠を抱えて敷居を跨ぎ、どぶ板に出た。

七つ前の刻限だ。

未だ夜は明けず長屋は眠りに就いていた。

長屋の敷地に接した堀留に舫った小舟の綱を解き、ふわり、と飛んだ。だが、小舟も堀留の空気もひと揺れもしなかった。

小籐次は藁籠を足元に置き、石垣を両手で押すと小舟を水面に押し出し、竿を使って舳先を御堀に向け直した。さらに竿を櫓に変えた。あとは体が櫓の扱いを覚えていて自然に動いた。

芝口橋の久慈屋の船着場に観右衛門と小僧の国三が立って、小籐次の到来を待ち受けていた。国三はすでに背に駿太郎をおぶい、張り切っていた。

「小僧さん、今からそれでは千住宿を出ぬうちにくたびれよう」

小籐次の言葉に国三は答えず、

「赤目様、駿ちゃんはおむつも替えて重湯も飲ませてありますよ」

と応じたものだ。

「造作をかけたな」

国三が石段を上がり、店に小籐次の到着を知らせに行った。

「大番頭どの、ちと相談が」

「なんでございますな」

と答えた観右衛門の声に疲れが見えた。

「昨晩のことにござる。とは申せ、二刻も前のことだが」

と前置きして、田端村の実家での謹慎を命じられていたはずの泉蔵がこの界隈にいることを告げた。

「なんと、そのような愚かなことを」

と観右衛門が言葉を失った。

「そこで相談ですがな、千住宿まで水路で参りませぬか。さすれば夜も明けようし、もし泉蔵どのが悪い考えをなしたとしても裏をかくこともできよう」

「よい考えですな」

江戸有数の紙問屋の久慈屋は荷船を何艘も保有していた。また掛取りなどで使う猪牙舟(ちょきぶね)もあった。

「旦那様と相談のうえ、直ぐに船を仕度させますでな」

と観右衛門が急ぎ店に戻った。

小籐次はその間に小舟を久慈屋の船着場の船の間に舫った。

この小舟、元々は久慈屋が近間の配達に使うものだ。小籐次に貸し与えられたものを研ぎ仕事に便利なように工夫した。小舟は一旦、久慈屋の船着場に戻ったことになる。その小舟から藁籠を降ろした。

「酔いどれ様、千住まで船旅ですって」

国三が興奮の体で再び姿を見せた。手には駿太郎のおむつを入れた風呂敷包みや重湯を入れた竹筒を提げていた。

「これ、小僧さん、世間は未だ眠ってござる。静かになされ」

どこから泉蔵がこの様子を眺めているとも知れなかった。むろん泉蔵がどのような悪さを仕掛けようとも驚く小籐次ではない。だが、泉蔵を自滅に追い込む真似はしたくないというのが久慈屋の旦那の昌右衛門の意向であったし、小籐次も同じ思いだった。

「船頭の喜多造さんが千住まで送ってくれるそうです」

久慈屋に住み込みの喜多造は久慈屋の荷船を束ねる頭分だ。

その喜多造が手甲脚絆に久慈屋の法被を着込み、捻り鉢巻で身軽に石段を下りてきた。手には船の舳先に点す提灯を提げている。

「喜多造さん、突然、相すまぬことだ」

「赤目様、なんのことがありましょうか」

喜多造が猪牙舟の仕度を始めたのを小籐次も手伝った。

「赤目様、こたびの道中、旦那様やおやえ様がご一緒です。宜しくお願い申しますぜ」

お店の奉公人とはいえ、船頭の喜多造の口調は仕事柄か職人のように歯切れがよかった。

猪牙の舟仕度がなったとき、小籐次は藁籠を舟中に載せた。

「国三さん、まずはそなたが乗り込み、背の駿太郎を藁籠に寝かしなされ」

小籐次が国三の荷を受け取り、手を添えて国三を猪牙舟に乗せた。国三がねんねこの紐を解き、小籐次が未だ眠りの中にある駿太郎を抱き取った。

藁籠に寝かせ、夜具代わりにねんねこで包み込んだ。そこへ昌右衛門、おやえ、浩介らが姿を見せ、

「赤目様、宜しくお願い申します」

と声をかけた。

「千住まで急遽水路で参ることになり、驚かれたことであろう」

と言いながら、小籐次が昌右衛門を猪牙舟の胴の間に座らせた。その後ろにおやえが浩介と並んで腰を下ろした。

「おやえどの、眠くはございませぬな」

「赤目様とは箱根以来の旅にございましょうか。足手まといとは存じますが、宜しくお願い申します」

「おやえどの、そなたには旅慣れた浩介どのが従うておられる。安心なされ」

船着場に内儀のお楽や観右衛門ら久慈屋の奉公人が大勢下りてきて、

「道中、気をつけて参られませ」

「お店を頼みますぞ」

と旅に出る者、残る者が言葉を掛け合い、船頭の喜多造が竿を差して、

「船が出ますぞ！」

と景気づけに呼ばわった。

観右衛門が小籐次に目顔で、道中の無事を願いますと念を押してきた。小籐次も頷き返した。

猪牙舟は御堀の流れに乗り、築地川へと下っていく。

汐留橋を潜る（くぐる）と、御堀は南東方向に向きを変え、そのせいで久慈屋の船着場も見送り人の姿も見えなくなった。

「赤目様、宜しゅうお願い申します」

と昌右衛門が改めて願い、小籐次も、

「こちらこそ子連れにござる。迷惑が掛からぬように精々心掛けます」

と挨拶を返すのを見た国三が、

「赤目様、駿ちゃんのことは私がちゃんと面倒を見るって」

と請け合った。

「国三、その言葉、覚えておきますよ」

昌右衛門がいつまでもつかという顔で言った。

「旦那様、妹たちの子守をしてきた国三です。大丈夫ですって」

「水戸は慣れた者の足で二泊三日の道中です。私どもは女、子ども連れですから四晩の泊まりのつもりでおります。長い道中です。互いに気を付けて参りましょう」

と昌右衛門が言い、一同が、

「はい」

と返答した。

喜多造が操る猪牙舟は御堀から築地川へと入っていった。

小籐次はなんとなく見詰める、

「目」

を意識した。

泉蔵か。

だが、まだ夜が明けきらず水上から朝靄が立っていることもあって、どこにだれが潜んでいるのか、いや、いないのか判断がつかなかった。

「なんぞ気にかかることがございますか」

「いえ、慣れた水路ですが、他人様の櫓でいくのもいいものだと思ったところです」

ふっふっふ

と昌右衛門が笑った。

「赤目様は武術の達人でございますがな、嘘をつくのは下手のようですな」

「見透かされましたか」

昌右衛門と小籐次、二人だけで聞こえる小声で会話した。

「泉蔵のことですがな、うちに入ったのが十三の年でした。俗に目から鼻に抜けるといいますが、機転が利いて知恵も回ります。なんでも人一倍覚えがいい小僧でした。うちでも今度の小僧さんはなかなかのしっかり者と目をかけてきました。お店奉公は最初の三月三年で長年できるかどうか、大成できるかどうか、およその推量はつくものです。泉蔵は三月ですっかりと久慈屋の暮らしに慣れ、三年で仕事の基本を覚え込みました。一口に紙問屋と申しますがな、三年でひと通りのことを覚え込むのは並大抵のことではございません」

「いかにもさようでござろう。それだけ小僧時代の泉蔵さんは才もあろうし、人一倍の努力も重ねられたのだろう」

猪牙舟は築地川から江戸の内海に出て、揺れた。

「おやえ様、膝元に油紙をかけてくださいまし」

と喜多造はおやえが水飛沫で濡れることを気にした。

「国三、駿太郎様にもな」

「喜多造さん、もうちゃんと駿ちゃんには掛けてますよ」

国三が得意げに応じていた。

浩介がおやえの膝を用意の油紙で覆った。

「お父つぁん、大丈夫」

「波飛沫なんぞ若いうちから被りなれておりますよ」

とおやえに応じた昌右衛門が小籐次に注意を戻した。

猪牙舟は大川河口へと三角波を切り裂いて進んでいく。

「泉蔵の才気には裏がございました」

「才気に裏とはなんでござるな」

「泉蔵の爺様も父親も元はうちの奉公人でございましてな、爺様の幹蔵さんはうちの爺様が上野広小路で暖簾わけを許したほどの人物です。いえ、問屋ではございません。その名も紙屋という小売店でしてな、暖簾わけの折に上野界隈の寺を何軒かうちから付けましたゆえ、地道な商いなれば泉蔵が紙屋三代目を継いでもおかしくございませんでした」

「商いに支障をきたしたのは親父どのの代ですかな」

「二代目の泰蔵さんは体が弱いことが商いにも響きました。持病の喘息を紛らすためにだれが教え込んだか、煙草を無茶吸いしましてな。内臓を悪くして寝込むことになり、五人もいた奉公人が一人去り、二人辞めして店を畳む仕儀に至りました。泉蔵が九つの時のことです」

「三代目の泉蔵どのまで持ちませせなんだか」

「持ちませんでした。紙屋がおかしいというので、うちの親父が直ぐに番頭の一人を派遣して、なんとか立て直そうとしてみましたが、泰蔵さんは頑固者でしてな、本家の力を借りずに一家で商いを立て直しますと大見得を切ったとか。とうとうお店は他人の手に渡り、紙屋は潰れました。その後、泰蔵さんの寝たり起きたりの暮らしを支えたのは女房のおとくさんです。上野広小路界隈の茶店の仲居をして、なんとか一家の暮らしを立ててきたそうです。この女房のおとくさんが十三の泉蔵を久慈屋で奉公させてくれと連れてきたのです。本家には世話にならないと言っていた泰蔵さんが死んだ後のことです。その頃、おとくさんと泉蔵はおとくさんの田端村の実家に世話になっておりました」

「聞けば聞くほど泉蔵どのは苦労してきた人だ」

「仰るとおり二日や三日、なにも食べないこともあったようです。さて、先ほど才気には裏があると申しましたな。泰蔵は病で亡くなる数年前から泉蔵に紙の性質やら各地の特産の紙のことやら教え込んでいたそうです」

「頑固者の父親も倅が久慈屋に奉公に出るしかないと考えていたのであろうか」

「泰蔵さんがどのような了見で紙商いのことをあれこれと倅に教え込んだか、なんとも申せません。泉蔵は父親から教え込まれた紙の知識で久慈屋に奉公した朋輩衆の中でも一歩も二歩も抜きん出る小僧だったということです。親父の願いが叶ったかどうか、久慈屋の中でも一番若くして手代に取り立てられました」

「父親とはありがたいものだ。病床で倅の奉公まで案じてあれこれと知識を伝えたんですからな。親父どのの指導が実を結んだわけだ」

昌右衛門が苦笑いしたとき、猪牙舟が大きな三角波を乗り越え、左右に揺れると大川へと入っていった。

「手代に上がった頃から泉蔵の評判が二分しましてな」

「どういうことです」

「私や先輩番頭にはなかなか如才もなく受けもいい。だが、下の奉公人には滅多やたらと厳しいらしく、評判は悪いどころか、覚えの悪い小僧などは泉蔵を怖がる始末でしてな」

「怖がるとは不思議なことですな」

「まだ筆頭番頭だった観右衛門が小僧を呼んで事情を聞くと、泉蔵は仕事を覚えこませると称して殴ったり蹴ったりすることもあるというのが判明致しました。そこで直ぐに泉蔵を呼んで注意しますと、知らぬ存ぜぬ、小僧が嘘を吐いているの一点張りでしてな。私らもその頃から泉蔵をそれなりに注意深く観察するようになっていました。ともあれ仕事はできるのです。出世させないわけにもいきません。見習い番頭になったのも朋輩では泉蔵が最初です」

猪牙舟は永代橋を潜り、新大橋を目指して進んでいた。

昌右衛門は最後まで話すつもりか、小籐次に言った。

「その数年後、番頭になった泉蔵に朋輩の者たちが追いついて参りましてな、一人二人と追い抜く者も出てきた。なにしろ泉蔵は裏表がある、という密（ひそ）かな評が店じゅうに広まっていましたし、私どもも泉蔵の奉公ぶりにどこか訝（いぶか）しいところを感じるようになっておりましたから、当然厳しくあたりました」

「おやえどのに付文をしたという話がござるそうな」

「ようご存じですな」

「このような噂は真偽は別にして直ぐに広まるものです」

「真実です。泉蔵はおやえが十五歳になった頃から文を渡すようになったようです。私が知ったのはおやえが女房に訴え、それが伝わったからです。最初、聞かされたとき、おや、まあ、泉蔵にもそんな恋心がありましたかと微笑ましく思ったものです。ですが、お楽が申すには泉蔵にはおやえの婿になり、久慈屋の主になる野心があってのこと、おやえをどうこうという話ではないというのですよ」

「どうなされましたな」

「観右衛門に命じて注意させましたので、文をおやえに書くのは止めました。私どもは泉蔵が諦めてくれたかと、ほっと安堵した覚えがございます」

「じゃが、こたびの騒ぎが起こった」

「そういうことです」

昌右衛門はしばし沈思して考えを纏める風情を見せた。

小僧の国三は旅の興奮からか眠れなかったと見え、駿太郎が寝る駕籠に頭を預けて眠り込んでいた。

浩介は大川の両岸に展開する風景をおやえにあれこれ説明していた。

「赤目様、昨日、観右衛門と一緒に夜明かしを致しました」

「ほう、またそれはどのような理由で」

「泉蔵の得意先からの入金を調べたのでございますよ」

「怪しいところがござったか」

「これまで支払いがよかった得意先に滞りが出ておりました。少なくとも今朝、出立の段階まで三つばかり訝しいと思われるところが判明しました。相手先はお寺様とか大店で支払いが滞ったり、半金だったりする理由はなにも見当たりません」

小籐次は思わぬ展開に相槌も打てなかった。

「観右衛門が今朝から得意先を回ります。もし私どもが訝しいと思うたことが真実なれば、得意先からの集金三百両余りがどこぞに消えたことになります」

「すべて泉蔵どのの得意先ばかりですな」

小籐次が念を押した。

「いかにもさようです」

昌右衛門が重い溜息を一つ吐き、駿太郎が泣き出した。

三

小籐次と国三が協力し合って揺れる猪牙舟の中で駿太郎のおむつを替えた。おやえが、

「私がやります」

と立ち上がろうとしたが、

「おやえどの、舟の上で席を移るのは危ないでな。また嫁入り前のそなたにおむつを替えさせていいものか」

「お嬢さん、国三がやりますって」

と二人の男がなんとか濡れたおむつを交換し、重湯を飲ませると、駿太郎の機嫌が直った。

朝靄が流れる山谷堀が大川へ流れ込む合流部が右岸に見えた。さらに左手に待乳山聖天（まつちやましょうてん）のお山が望めた。山谷堀を改修した折の土で盛られた人工のお山だ。それでも低地の浅草界隈では眺望が利く名所として知られていた。

朝帰りの遊客が今戸橋界隈の船宿から猪牙舟を仕立てて柳橋に下っていこうと

していた。

小籐次はふと二日前訪ねた御免色里の灯りを思い出していた。

小名豊後森藩一万二千五百石久留島家下屋敷の厩番、俸給三両一人扶持では吉原に遊ぶ余裕などあるわけもない。話に聞くだけの吉原だった。

小籐次は水戸行きに際して、どうしても吉原を訪ねる理由があった。

黄昏どき、五十間道を下って大門前に出ると、三味線の爪弾きが響いてきた。清掻と呼ばれる調べは客の遊び心を弥が上にも擽った。

すでに大門前は駕籠で乗りつけた嫖客や冷やかしで賑わっていた。

破れ笠の縁に差し込んだ風車が夕風にくるくると舞った。

「さすがに北国の傾城街は品川とは違うのう」

小籐次は独り言を残して大門を潜った。すると、吉原会所に繋がって七軒茶屋が万灯の灯りに威勢を誇るように並んでいた。

吉原の上客はいきなり妓楼に上がることはない。馴染みの引手茶屋にまず立ち寄り、一服して番頭衆に送られて馴染みの妓楼に向うのだ。妓楼で遊びの金子を精算する野暮もしない。客の精算は茶屋がすべて行う。それが吉原の遊びの粋であり、仕来たりだった。

東西百八十余間の仲ノ町は男たちで溢れていた。

ちゃりん

と金棒が鳴った。

人込みが分れて花魁（おいらん）道中が仲ノ町に現れた。

「三浦屋の朝霧太夫だよ」

「さすがに様子がいいね」

冷やかしの客から嘆声が起こった。

小籐次は人込みの後ろを仲ノ町の奥へと進み、辻に出たところで左へ曲がった。

角町には大籬（おおまがき）や半籬の妓楼が軒を連ね、張り見世には着飾った遊女たちが長煙管（ながぎせる）で煙草を吸ったり、文を書いていたりした。

（さてどうしたものか）

「ぬし様」

と小籐次に声がかけられたのは四、五軒妓楼を見回った後のこと、京町二丁目の中ほどの大見世の格子の中からだ。なんと遊女たちの中でも貫禄と威勢を見せるお職（稼ぎ頭）からだった。

「わしか」

「破れ笠に風車とは粋でありんす」

「花魁、粋もなにもわしの手作り、客への引き物でござってな」

「なんとぬしの手造りでありんすか。してその仕事とは」

「研ぎ仕事がわしの身過ぎでな」

小籐次は風車を抜くと息を一つ吹きかけ、

「花魁、よければ受け取ってくれぬか」

と格子の中へ差し出した。

「わちきに風車を贈ると申されるか」

「迷惑なれば無理にとは申さぬ」

花魁は、すいっと格子に近付き、

「清琴（すがこと）にありんす」

と白く細い指先で未だ回転する風車の柄を摘んだ。その直後、小籐次がひと吹きした風車はゆっくりと動きを止めた。すると清琴が、
ふうっ
と息を吹きかけ、再び風車に命を蘇（よみがえ）らせた。

「ぬし様はお遊びに参られたか」

「花魁、見てのとおりの貧乏浪人にござる。それでもこの遊里がどのような場所か、大籬がどれほどの格式があるところか承知しておる」

「ならば見物に」

「いや、花魁に知恵を借りに参ったが、どこへ行ってよいか迷った末にこの楼の前を通りかかったところだ」

「遊女に知恵とはなんでありんすか」

「花魁、ほの明かり久慈行灯(あんどん)を知らぬか」

「ほの明かりなれば、わちきも使うておりまする」

「なんと花魁も」

「ぬし様、ほの明かりをなぜ気にかけやんすか」

「わしが考案したものでな」

花魁の目が驚きに輝いた。

「ぬし様はもしや御鑓拝借で江都(こうと)じゅうを騒がせた酔いどれ小籐次様」

「いかにも赤目小籐次にござる」

「驚きました」

と花魁が微笑み、

「座敷に上がってくんなまし」

と誘った。

「花魁、吉原に初めて足を踏み入れた野暮浪人と申したはず。このような大楼に上がる銭などあるはずもない。その花魁に格子越しに知恵を貸せと申すのもなんだが、それしか手はござらんでな」

「酔いどれ小籐次様なれば、わちきの借財が倍に増えても接待申しとうございます」

清琴は武家の出か、遊里言葉を微妙に変えた。

この夜、思いがけなくも清琴の座敷に上がると、水戸藩が売り出したほの明かり久慈行灯を寝間に見ることができた。

赤い夜具と花魁の振袖を照らすほの明かりが艶かしくも使われているところを、小籐次は初めて清琴の座敷で見た。

「小籐次様、これまで寝間の灯りは箱行灯が主にございました。ですが、小籐次様の考案なされたほの明かりの柔らこうて優しい光には太刀打ちできませぬ。今や吉原の楼の大半がほの明かりを使うておりまする」

「花魁、注文はござらぬか」

「そう注文と聞かれれば、今少し紙に淡い色や模様が入っても面白うございましょう」

その夜、小籐次は一刻近くも座敷であれこれと清琴の注文を聞いた。

「花魁、近々水戸へ参る。そなたの注文を新たなほの明かり久慈行灯にな、取り入れてかたちになるように工夫致す」

「一日も早う見とうございます」

「花魁、今晩、そなたがわしに時を割いてくれたこと、感謝のしようもない。新しいほの明かりができたら真っ先にそなたに進呈申す。それがわしのできる気持ちだ」

「赤目様、約定でありんすえ」

と清琴が小指を小籐次に差し出し、指切りをせがんだ。

「旦那様、千住大橋が見えてきましたよ」

と船頭の喜多造が教えた。

六つ半（午前七時）の刻限か。朝靄の中に千住大橋長さ六十六間が浮かんでいた。

文禄三年（一五九四）に奥州街道の便宜のために架けられた隅田川最古の橋である。

水戸街道は言わずと知れた御三家水戸と江戸を結ぶ脇街道であり、十九宿二十九里十九町（およそ一一六キロ）あった。俗に、

「天下の副将軍」

と呼ばれた水戸様の城下と江戸を結ぶ街道は五街道の外の脇街道だが、その重要性を鑑みて千住から松戸までは五街道を管理する幕府道中奉行が監督し、水戸街道と佐倉街道を合わせて七街道とも呼ばれた。

千住宿の北詰の船着場が近くに見えてきたとき、朝空に春雷が響き渡り、おやえが、

「あら大変、雷様よ」

と驚きの声を上げ、身を竦めた。だが、浩介が、

「お嬢様、雷は遠うございます。ご安心下さい」

と直ぐにおやえを安心させた。

「浩介さん、お嬢様は止めてくれない」

「お嬢様はお嬢様です」

「私は浩介さんをいつまでも手代さんと呼ばなければならないの。おかしいわ」

「それはそうでしょうが」

浩介が困った顔を嬉しそうに見た国三が、

「お嬢さん、直ぐに浩介さん、おやえって呼び合うようになりますよ」

と言い、

「これ国三、余計なことを」

と当の浩介に叱られた。

「浩介さん、私、日本橋から水戸まで歩き通すことを楽しみにしていたのよ」

おやえが話題を変えた。旅に出て嬉しくてしようがない様子だ。

大川を猪牙舟で遡行してきたために水戸街道の一の宿の千住から歩くことになった。ために日本橋、大伝馬町、横山町、浅草御門、御蔵前通、浅草、橋場町、南千住と抜けたことになる。

「おやえどの、これから先、たっぷりと道のりがござるよ」

小籐次が応じたとき、喜多造の漕ぐ猪牙舟の舳先が、
こつん

と優しく船着場にあたり、小籐次が、
ひらり
と身を虚空に躍らせて舫い綱を杭に結んだ。

「なんとまあ、赤目様の身の軽いことよ」

昌右衛門が呆れ顔で言い、船着場に寄せられた舟中から腰を上げた。

「旦那様、橋詰に茶店がございます。そちらで草鞋の紐を結び直して参りますか」

と浩介が言う。

「朝餉と言いたいが、まだ一歩も歩いていませんでな。茶を喫して出立しましょうかな」

と昌右衛門も浩介の考えに賛成した。

「喜多造さん、世話になった。帰り舟は独りで寂しかろうが、気を付けていかれよ」

「赤目様、流れに乗っての楽旅ですよ」

国三から駿太郎を受け取った小籐次に昌右衛門が、

「赤目様、喜多造一人が働いていたことをすっかりと忘れておりましたよ」

「いかにもさよう。芝口橋から千住大橋まではなかなか漕ぎでがござったからな」

「喜多造、そなたはたっぷりと朝餉を食していきなされ」

と旦那の貫禄で命じた。

「へえっ、旦那様、お言葉に甘えます。北詰の茶店の名物は具がたっぷりと入った芋汁でしてな。こいつで炊き立ての飯にとろろをぶっ掛けて食うのは堪えられませんよ」

「なにっ、そんな名物がございましたか」

「もっとも馬方、船頭衆が掻っこむざっかけない朝飯ですよ。旦那様方にはいかがでしょうかな」

と喜多造が思わず口にしてはみたものの、大店の主らの朝餉には相応しくないと言った。

「私は食べられます」

国三が喜多造に相伴する意思を示し、

「そなたもこれから駿太郎さんをおぶう大役が待ち受けておりますからな、存分に食べなされ」

と昌右衛門が許した。

すでに芋汁、とろろ飯が名物という一膳飯屋を兼ねた茶店は店開きしていた。

一行は隅田川を眺められる座敷に陣取ることができた。

喜多造と浩介の二人がてきぱきと動いて注文をなした。

「お父つぁん、今晩の泊まりはどちらですか」

おやえが聞く。

「水戸様のご家来衆の道中は二泊三日が定めですがな、そなたもおりますで、うちは倍の四泊五日を見ております。五里先の小金宿に辿（たど）りつければ万々歳ですがな、そなたの足具合を見ながらゆっくりと参りますぞ」

茶店の老婆が大丼になみなみと酒を注いで運んできた。

「朝から酒を食らうのはどこのどなたかのう」

「お婆、名を聞いて驚かれるな。こちらのお方は赤目小籐次様、またの名を酔いどれ小籐次と申される」

昌右衛門の返事に、

「なにっ、剛勇無双の酔いどれ様がうちに来られたか。よう参られたな、おまえ様」

とお婆が小籐次に丼の酒を差し出した。

「浩介どののご注文か、恐縮至極に存ずる。さりながら朝酒を食ろうていては御用が務まるまい」

「赤目様にとって丼酒の一杯や二杯何事がございましょう。好きなだけお飲み下され」

と昌右衛門も勧め、

「ならば、馳走になり申す」

とお婆から丼を受け取った小籐次が口から迎えに行き、
くうっくうっ
と喉を鳴らして飲み干した。

「ふあっ、甘露にござった」

「いやはや噂には聞いていたが、聞きしに勝る大酒飲みかな。どうだ、もう一杯お婆が馳走しようか、酔いどれ様」

「お婆、ご好意だけ頂戴しよう。それよりな、この家の名物の芋汁を食しとうなった。馳走してくれぬか」

小籐次の言葉に浩介が、

「赤目様、旦那様もおやえ様も小さな器で名物を食するように手配してございます。ほれ、女衆が運んでこられましたよ」

というところに木椀で芋汁が運ばれてきた。

「あらっ、浩介さん、私たちもご馳走になっていいの」

「おお、これはほんに美味そうな」

満腹では歩けぬと言っていた昌右衛門まで早々に椀に手を差し出した。

四半刻（三十分）ほど茶屋で休んだ一行は芝口の店に戻る喜多造と別れ、水戸への旅の一歩を踏み出した。

「本日は中屋六右衛門様には失礼して挨拶なしに参りましょうかな」

と昌右衛門が呟いて一行は中屋の前を素通りした。

文化十五年（一八一八）の新春、小籐次は久慈屋の旦那の昌右衛門と浩介と一緒に千住宿の飛脚宿を兼ねた大旅籠中屋で落ち合い、水府に旅したことがあったのだ。

どこからともなく鶯の声が聞こえてきて、陽気も旅日和だった。

およそ十町と長い千住宿場の通りを抜けると、三叉に差し掛かった。下妻橋で水戸街道は奥州・日光道中と分れることになる。

石の道標に、

「水戸海道」

と刻まれてある道を進んだ。

足の弱いおやえ、昌右衛門親子と駿太郎をおぶった国三を真ん中に、先頭を浩介が進み、しんがりを小籐次が務めた。

「国三さん、疲れたらな、遠慮のう申せ。父親が代わるでな」

「天下の大道をお侍が赤ん坊背負っていくのは可笑しいですよ。大丈夫、水戸まで駿ちゃんはこの国三がおぶっていきます」

と近頃一段と体付きがしっかりとしてきた国三が答えたものだ。

「おおっ、どこからともなく梅の香りが漂ってきますぞ」

と昌右衛門が後ろを振り向いて小籐次に話しかけた。

「旅の気分を左右するのは日和です。本日は実によき道中日和です」

千住宿の入会地に入り、急に辺りが長閑な田園風景に変わった。

水戸街道と堀が平行して流れ、その堀から直角に別の流れへと分流して、その流れを越えるために土橋が架けてあった。

一行がその橋を渡ろうとしたとき、後ろから早馬が三騎、追い抜いていこうとした。

「ご一統、端に避けて下され」

と小籐次が注意し、一行が路傍に寄ったとき、凄い勢いで早馬が飛んでいった。

「水戸でなんぞ起こりましたかな」

と昌右衛門が気にかけて、再び一行は進み始めた。

四

昌右衛門一行が新宿で中川を渡し船で渡ると、春雷が下総辺りの空で鳴っていた。

小籐次は駿太郎のおむつを替え、しばらく河原で手を添えて歩かせた。雷が去った後の此方岸はもはやねんねこは要らないほどの陽気だ。

「国三さん、駿太郎はここからはしばらく、わしがおぶっていこう」

「赤目様、駿ちゃんは水戸までこの国三が面倒を見る約束ですよ」

「すまんがな、ねんねこやおむつを担いでいってくれぬか。まあ、旅は長いでな、互いに無理をせずに参ろうぞ」

駿太郎は二歳になって、目に見えて手足がしっかりしてきて伝い歩きならできるようになっていた。それだけに体も重かった。いくら小僧の国三が成長したといえ水戸まで背負いきるのは大変だった。

「しばらくだけですよ」

と言いながら、国三がおむつの風呂敷をねんねこで包みこんで背に負えるようにした。

一行は柴又の帝釈天にお参りしていくことにした。

三十余年前の天明期には、天候不順や信州浅間山の大噴火などにより大飢饉が相次いで起こり、世相が不安になっていた。そこで悪魔を懲らしめる帝釈天が、病や災難を払う厄除け本尊として信仰されるようになった。年に六度ある庚申の夜には千住から柴又帝釈天まで、お参りの提灯の灯りが続いたという。

昌右衛門一行も帝釈天に参詣し、旅の無事を願った。

浩介が小籐次の傍らにやってきた。

おやえは、と見ると父親の昌右衛門と何事か談笑していた。おやえに異変があったわけではないようだと小籐次はひとまず安心した。

「赤目様、千住宿を出たところで早馬が追い抜いていきましたね」

「いかにも三騎の早馬であったな。なんぞ気にかかるかな」

「いえ、なんというわけではございません」

「だが、気がかりがありそうな」

「赤目様、番頭の泉蔵さんが謹慎を命じられたにもかかわらずお店近くに残っていたと聞きました」

「昨晩、わしに恨み辛(つら)みを申していった」

「やはりそうでしたか」

「なんぞ気になることがあれば申されよ。何かが起こったとき、迅速に対応ができるゆえな」

　小籐次は破れ笠の縁を手で上げて浩介を見た。すると、浩介が頷いて話し出した。

「一月も前のことにございました。私、芝大木戸近くの泉岳寺様へ御用で参りました」

「赤穂浪士らが眠っておられる寺じゃな」

「はい。うちとは古い付き合いにございまして、寺で使う紙すべてを納めております。泉岳寺の用事も無事済み、余裕があれば南品川宿の海徳寺様にもご挨拶をと大番頭さんに命じられていたことを思い出し、そちらに足を延ばしました。北品川から南品川には飯盛りをおく旅籠が軒を連ねて、なかなかの賑わいにございます。刻限はもはや暮れ六つ（午後六時）前にございました。なんとなく海が見たくて、表通りを外し、海岸に出たのでございます」

「ほう、それで」

「南品川でも女郎衆の粒がそろっているという女郎屋土蔵相模の裏を通りかかりますと、二階の障子が開き、酔った酔ったという声が聞こえました……」

浩介は聞き知った声だと二階を覗くと、ぞろりとした羽織を着込んだ泉蔵らしき人物が欄干に両手をかけて火照った顔を潮風に晒していた。

（まさか、うちの番頭さんではあるまい）

と思いつつも、浩介は浜辺の薄闇に身を潜めて、二階の人物をさらに確かめた。見れば見るほどよく似ていた。

（待てよ）

泉蔵は数日前より武蔵の神奈川宿の得意先を掛取りに回っていて芝口橋のお店

に戻るのは明日のはず、と浩介はそのことを思い出した。

器用な奉公人ならば、御用旅を早々に済ませて一晩ほど遊びの時間を作る者もいないではなかった。これは奉公人の知恵であり、才覚だ。お店に迷惑をかけなければお店も見て見ぬふりをした。特に番頭のように年季の入った奉公人にはある意味では特権ともいえた。だが、掛取りに行った泉蔵はそれなりの金子を懐にしているはずだ。大金を懐に悪所に上がるのはどう考えても剣呑だった。

「泉蔵様、飯倉様方がお待ちですよ」

と若い女郎がしどけない格好で泉蔵に身を寄せた。

「酔ったでな、少し火照りを冷ましているところですよ」

泉蔵は大胆にも女郎の衿元に片手を入れ、

「あれ、番頭さん」

と身を捩らせた女が、

「あのお侍方、早々にお帰しになって下さいな」

と甘えたようにしなだれかかり、その後、障子が閉じられた。そして、男女の影が一つに重なった。

浩介は観右衛門に命じられていた御用を一旦忘れ、土蔵相模の表口に移動すると見張ることにした。

一刻後、女郎が、

「あのお侍方」

と呼んだ三人の浪人剣客が土蔵相模から姿を見せた。長年の浪々の暮らしを表して人相風体は極悪だった。その三人を泉蔵が見送る体で玄関先に立つと、

「泉蔵どの、いつでも御用を命じられよ。直ぐに馳せ参じるでな」

と飯倉と思われる頭分が笑いかけ、北品川宿へと足早に歩いていった。三人の背に視線を送っていた泉蔵が片頬に不敵な笑いを浮かべ、
くるり
と身を翻して二階への大階段を上がっていった。

(どうしたものか)

浩介は迷っていた。

泉蔵を見張るか、三人の侍を尾行するか。

浩介は品川宿を南北に分つ中ノ橋に向って走り出したが、飯倉らの姿は忽然と掻き消えていた。

「私が見たのはそれだけにございました」

と浩介が言った。

「泉蔵さんは翌日の夕暮れに店に戻って参られ、観右衛門様に御用の首尾を報告なされておられました。御用にも格別変わったところはないようでしたし、南品川で見た一件は私の胸に仕舞うことを一存で決めました」

「だが、こたびの騒ぎで気になってこられたか」

「はい」

「この一件、旦那どのにも大番頭どのにも話していないのだな」

小籐次の念押しに浩介が不安げに頷いた。

「浩介どの、わしもちと考えよう。思案がついたら考えをそなたに伝える、よいな」

「はい」

と浩介が答えた。

柴又帝釈天を出た辺りで、おやえが足を引きずり出した。

「お嬢様、どうなされましたか」

と浩介が直ぐに気付いて心配げな顔で聞いた。

「お嬢様は止めてと浩介さんに言ったはずよ」

困りました、と言いながらも、

「おやえ様、肉刺ができましたか」

「どうもそうらしいわ」

「一町も先に河原がございます。そこで手当て致しますので、それまで浩介がおぶいましょうか」

「駿太郎さんじゃあないわ。一町くらいなら歩ける」

と言うおやえを労りながら一町を進み、河原の土手におやえを座らせて草鞋の紐を緩め、足袋を脱がせた。

「男衆にこんなことさせて悪いわね」

「お嬢様、いえ、おやえ様、旅では相身互いです」

浩介はおやえのぷっくらとした肉刺を潰し、持参の練り薬を塗って晒し布できっちりと巻いた。さらに草鞋を履かせて、

「おやえ様、どうですか」

と浩介がおやえを立たせて地蔵堂の周りを歩かせた。

「大丈夫よ。お陰様で歩けるわ」

昌右衛門も小籐次もおやえの治療は浩介に任せ、昌右衛門は煙草を一服した。

「具合を見て、駕籠か馬を雇うことになりそうですな」

「無理をすることもありませんからな」

と二人が言い合い、

「お父つぁん、赤目様、お待たせ致しました」

とおやえの言葉で一行は道中を再開した。

千住から第三の宿の松戸までは三里六町だが、中川、江戸川と渡し船を利用せねばならず、どうしても時間がかかった。そのうえに肉刺を作ったおやえがいてはどうしても歩みが遅くなる。

「お父つぁん、ご免なさい」

とおやえが昌右衛門に謝ったが、

「おやえ、道中はもろもろあるから楽しいのです。足が痛いときにはゆっくりと進む。さすれば、普段見えないものまでが見えて楽しいものです」

と昌右衛門は平然としていた。

一行の最後から駿太郎を背に歩いていた小籐次は、背後から刺すような視線を感じた。

後ろを振り向くと、赤柄の槍を小者に担がせた武士といかにも胡散臭い浪人一行が道幅いっぱいに広がり、久慈屋一行に迫ってきた。

「ちと路傍に避けてくだされよ」

と小籐次が昌右衛門らに注意し、足を止めて一行を背で守りつつ道を開いた。

その中を、ご免の声もなくさっさと通り過ぎようとした一行の一人が駿太郎をおぶった小籐次に視線をやり、

「うーむ」

と不審の表情で訝り、同時に浩介が、

「あっ」

と驚きの声を上げた。

一行が小籐次らの前を通り過ぎて止まった。仲間の二人がひそひそと言い合い、

くるり

と向きを変えた。

「浩介、そなた、承知の方ですか」

と昌右衛門が浩介に質した。

「はっ、はい」

と答えた浩介が、

「赤目様、品川宿で見かけた三人組の一人がおります」

と小籐次の耳に囁いた。

「久慈屋の一行をかような場所で追い抜こうとはのう」

赤柄の槍を小者に持たせた頭分が小籐次らの前に戻ってくると、にたり
と笑った。そして、水戸街道の前後を見た。

生憎と人の姿は路上にはなかった。

剣客の視線が巡らされ、道の傍らにひっそりとある鎮守の森を眺めた。

「なにも水戸くんだりまで行くことはないと思わぬか。ここで決着を付ければ無駄がないぞ」

と赤柄の槍を小者から受け取った頭分が仲間に話しかけた。

「小野塚どの、われら、約定のものさえもらえればどちらでもよい」

赤柄の槍の頭分は小野塚と呼ばれ、その仲間の六人の一人が応じた。

小野塚の目が小籐次を射貫くように見た。

「酔いどれ小籐次だな」

「いかにも赤目小籐次じゃが、そなたら、白昼天下の往来で無法を働く気か」

「天下の往来が悪いなれば、ほれ、河原にて談判致そうか」

小野塚が言い、仲間に目顔で昌右衛門一行を囲んで追い込むように促し、人の眼のない河原に連れていこうとした。

「なりませぬ」

と昌右衛門が抵抗しようとするのを、

「昌右衛門どの、つまらぬことで怪我をしてもなりませぬ。まあ、談判とやらを聞いてみるのも旅の一興にござろう」

と小籐次が自ら一行を道から外して河原に下りた。

小籐次は、

「国三さんや、駿太郎を頼もうか」

とおぶい紐を解き、駿太郎を渡した。

ぱらぱらと流れ者の武術家らしき六人が小籐次を取り巻いた。

「そなた様方、御鑓拝借、さらには武蔵国小金井橋の十三人斬りの酔いどれ小籐次様を嘗めておいでではございませぬか」

昌右衛門が相手の機先を制するように言葉の石礫を投げた。

「およそ風聞と申すもの、ご大層に伝わるものでな」

総髪の剣客が、

しゅん！

と手鼻をかみ、黒塗りの鞘からぞろりと長い刀を抜いて右肩に背負うように担いだ。

仲間が続いて剣を抜いた。

小野塚某は検分でもするように一行の背後に槍を立てたまま控えた。

「参る」

小籐次が刃渡り二尺一寸三分の次直を抜いた。すると破れ笠に差した風車が風に、

かたかた

と鳴った。

正眼の静なる構えだ。

「爺侍一人、なにごとかあらん」

総髪の剣客が吐き捨てた瞬間、仲間が動こうとした。

その出鼻を抑えるように小籐次が豹変した。矮軀の背をさらに丸めた小籐次が正面の総髪の剣客の内懐に飛び込んでいき、総髪が引き付け様に背負った大剣を据えもの斬りのように振り下ろした。

だが、小籐次の動きが何倍も迅速にして相手の動きを凌駕していた。懐に飛び込んで小籐次の正眼の次直の切っ先が渓流を上る鮠のように躍り、肩筋に閃いた。

うっ

と相手が立ち竦み、血飛沫が、

ぱあっ

と散ってくたくたと崩れ落ちようとした。だが、小籐次の矮軀は右に飛び、左に転じて六人の雇われ剣客の間を疾った。

昌右衛門らが瞬きする間もない早業だ。

小籐次はその場に倒れ伏した浪人剣客を見下ろす輪の外に立ち、冷徹な視線を小野塚某に投げた。

はああっ！

小野塚の両眼が見開かれ、後退りすると、仲間を捨てて河原から逃走した。

「赤目様、あいつ一人逃げる気ですよ。ずるいよ」

と国三が叫んだ。

「逃げるものを追うたところで詮無い話よ。放っときなされ、小僧さん」

「赤目様の申されるとおりです」

小籐次は総髪の他は手心を加えて怪我を負わせただけだ。

その五人が呆然としたり、呻いたりしていた。

「これに懲りて金子のために人を傷付ける稼業は辞めることだ」

言い放った小籐次が、次直に血ぶりをくれて鞘に収めた。

この日、矢切の渡しで江戸川を越えた一行は松戸宿に投宿した。

「本日は三の宿の松戸まででしたが、江戸を離れただけでもよしと致しましょうかな」

と昌右衛門が馴染みの旅籠下総屋の座敷に落ち着いたとき、小籐次に言った。

浩介はおやえを宿場の医師の下に連れて行き、また国三は旅籠の紹介で子供を生んだばかりという女房のところに貰い乳に駿太郎を連れていっていた。

「いかにもさよう」

「赤目様、あの者たちと出会うたとき、浩介が品川宿で見かけたとか申したように聞こえましたが、なんの話にございますな」

と質した。

「昌右衛門どの、浩介どのを責めんで下されよ」

と前置きして、三番番頭泉蔵の品川宿での行状を告げた。

「なんと、泉蔵がそのような真似を。赤目様、とするとこの騒ぎ、意外と根が深うございますかな」

「かも知れませぬ」

「この先、何事か待ち受けておると赤目様は思われますか」

「赤柄の槍の小野塚を逃したのはそのゆえです」

「私どもを追いかけて、泉蔵も水戸街道におると思われますか」

「そう考えたほうがよろしいかと」

「ならば、ここより一通、早飛脚で観右衛門に知らせておきます」

と昌右衛門が早速、文を認め始めた。

第三章　泉蔵の正体

一

浩介に伴われて肉刺の治療に行っていたおやえが下総屋に戻ってきたとき、小籐次と国三と駿太郎は湯殿で満足げに湯に浸かっていた。

「えらいご機嫌じゃな」

「赤目様、駿ちゃんは旅が好きなようですよ」

「父親の須藤どのと旅をねぐらにしてきたでな。江戸のような都の長屋暮らしより旅枕が性に合うておるのかもしれぬ」

「乳をくれたおふゆさんが、駿ちゃんはうちの子よりも骨がしっかりしているよ、きっと大きくなると何度も言っていましたよ」

「須藤平八郎どのは立派な体格であったからのう」

と小籐次が答えたところに、おやえの声がした。

「あらあら、男衆二人で駿ちゃんの湯浴みですか」

「お嬢さん、覗いてご覧なさい。駿ちゃん、ご機嫌なんですから」

いいの、と言いながら、おやえがそっと脱衣場から顔を出した。すると、湯船に浸かった小籐次と国三の腕の間で駿太郎がにこにこと笑っていた。

「赤目様、湯浴みがお上手ですね」

「おやえどの、旅籠の湯船に初めて駿太郎と一緒に浸かったが、むずかりもせず利口でございますぞ」

と小籐次が親馬鹿ぶりを発揮すると、おやえが、

「駿ちゃんの顔が真っ赤です。のぼせますよ」

「ならば、そろそろ上げるか」

「私が湯上がりを着せます」

「おやえどの、肉刺はどうかな」

「お医師が肉刺に効くという練り薬を調合してくれました。水戸に着くころには治っているそうです」

「まあ、無理はせぬことだ」

国三が湯船から駿太郎を抱きかかえておやえに渡し、

「駿ちゃんの湯浴みは二人がかり、なかなか苦労ですよ」

と言った。すると、駿太郎を受け取ったおやえが、

「赤目様、早馬が何騎も水戸の方角に走っていきました。浩介さんは水戸家の早馬ではなくて、公儀の早馬のようだと申しておりました」

「水戸街道でなんぞ起こったかのう」

小籐次は、五街道並みに道中奉行が支配する水戸街道でなにか起こったかと推察した。だが、それ以上の考えは浮かばなかった。

「ささ、駿太郎さん、お部屋に戻りますよ」

というおやえの声とともに二人の気配が脱衣場から消えた。

「赤目様、お嬢さんは近頃ご機嫌ですね」

「好きな浩介さんと夫婦になれるのじゃからな」

と答えた小籐次は、

「国三さん、浩介さんをどう思われるな」

と聞いてみた。

「久慈屋の跡継ぎになるということですか。それは旦那様方の眼鏡にかなったのです。浩介さんは私たち年下の者にも親切だし、裏表のない人ですよ。奉公人の多くがきっと浩介さんは久慈屋の立派な跡取りになると思っていますよ」

と屈託なく保証した。

「そうか、そうであろうな」

と小籐次はひと安心した。

部屋に戻った小籐次は、駿太郎がすでに床に寝かされ満足げな顔でうつらうつらしているのを見た。その顔を昌右衛門が覗き込み、

「早く浩介とおやえの子をこの腕に抱きたいものですな」

と思わず呟いた。

「お父つぁん、まだ早うございます」

とおやえが浩介のほうをちらりと見て、こちらは顔を赤く染めた。

「なんの、そのようなことがあるものですか」

「本家の許しを得たうえの話でござろうが、今年じゅうに祝言が行われるようなことになるやもしれませぬな。そうなれば、来年にも久慈屋の奥に赤子の泣き声

が響きますぞ」

　と昌右衛門と小籐次が無責任にも言い合った。

「お父つぁん、私、赤ちゃんの世話なんてなにも知りません」

「こたびの道中で、せいぜい駿太郎様相手に勉強するのです」

「お嬢さん、私が浩介さんとお嬢さんにいろいろと教えてあげますよ」

　と小僧の国三が言い出し、浩介が、

「弟妹の面倒を見てきたのはなにも国三、そなただけではありませんよ。この浩介の家も貧乏人の子だくさん、幼いころから背に赤子をおぶって暮らしてきましたから、よう存じています」

「浩介さんは赤ちゃんの世話ができるの」

「できますとも。もっとも、子どものころに赤子を背負わされて使いに出されるのは嫌で嫌で堪りませんでした」

「あら、浩介さんは赤ちゃんがきらいなの」

　おやえの言葉に浩介が慌て、

「おやえ様、違いますって。十一、二の男の子ですからね、赤子を負って外に出るのは恥ずかしい年頃なんです。でも、わが子となれば事情が違います。おやえ様のお子が駿太郎様のようなれば、どれほど可愛いでしょうか」

「まあ、浩介さんたら」

二人が顔を見合わせ、
ぽおっ
と赤らめた。そこへ女衆が膳を運んできて夕餉が始まった。

「女衆や、酒を頼んであるはずじゃがな」

と昌右衛門が念を押すように言うと、年かさの女衆が、

「旦那様がお飲みになりますので」

「このお侍様が主でな、私はお相伴です」

「この爺様侍が酒好きですか。やっぱりおつねどん、五合もあれば十分じゃな」

と朋輩に言うと、

「五升とは景気づけでしたか」

と女衆らが言い合い、

「ただいま直ぐに」

と引き下がろうとした。

「これこれ、女衆、五升と頼んだのは景気づけなどではございませんよ。まず五

升、それから追加の注文があるかもしれません」

「五升ですと。途方もない量じゃが、久慈屋の旦那は大酒飲みだったかねえ」

「私は精々一、二合ですよ。赤目様が残りは召し上がります」

と昌右衛門が顔を小籐次に向けた。

女衆が、

「馬鹿こくでねえ、旦那様。人間、五升なんて酒が飲めるわけもねえ」

「ごちゃごちゃ言わずに、五升の酒と大杯を直ぐにお持ちなされ」

と昌右衛門に叱られ、女衆が飛ぶように台所に戻っていった。

間もなく、下総屋の主と番頭に先導されて朱塗りの大杯と大徳利が何本も運ばれてきた。

「これはこれは久慈屋の旦那様、ご挨拶が遅れ、そのうえご注文の酒が遅れまして真に申し訳ございません。まさか五升の酒を飲まれる大酒家がおられようとは思いませんものでしたから、手違いを起こしました」

「主どの、赤目小籐次様の名を聞いたことがございませんかな」

「赤目様と申せば天下の剣術家にして大酒飲みと聞いております。そのお方がどうかなされましたか」

「そなたの目の前のお方が赤目様です」

なんと、と言葉を詰まらせた主が小籐次をしげしげと見て、

「このお方が御鑓拝借の豪傑で」

「はい。小金井橋の十三人斬りの武芸者です」

「失礼ながら、お年寄りのうえになりも大層ちいそうございますな」

と疑いの目を小籐次に向けた。

「主どの、信じられぬか」

「久慈屋の旦那様はこの私をからかっておいでですな」

「持参の大杯、何升入りますな」

「縁まで入れて三升と聞いておりますが、未だ試したものはございませぬ」

「ならば試しなされ」

江戸の豪商に命じられて大徳利の酒が何本も入れられた。

「赤目様、話の次第でかようになりました。一日の仕舞いに酒を存分にお飲みくだされ」

「お言葉ゆえ、一杯だけ頂戴いたしましょうか」

男衆二人がゆっくりと大杯を持ち上げ、小籐次の口が迎えに行き、両手が添え

られ、鼻が思わず鳴った。

「これは上酒かな。堪らぬぞ」

小籐次がいったん口を離し、感嘆した。

「赤目様、うちは地酒ではございませぬ。灘の下り酒にございます」

うんうん、と頷いた小籐次が、

「頂戴いたす」

と呟き、再び口が付けられると、男衆の手で大杯が傾けられ、
くいっくいっ
と小籐次の喉が鳴った。すると、見る見る胃の腑に酒が落ちていく。

「な、なんと」

下総屋の主は仰天して絶句した。一息に三升の酒が消えた。

「魂消た」

「おら、見たこともねえ」

大杯を支えていた男衆二人が口々に驚きの声を上げた。

「あまりの美酒に一気に外道飲みしてしもうた。味わう余裕がのうて残念至極にござる。主どの、残りの酒をもろうてよいか」

「はっ、はい」

と答えた主が、

「下総屋では客の酒をけちった、と評判が立っては水戸街道で旅籠の看板は掲げられませぬ。男衆、菰かぶりごと座敷に据えなされ」

「主どの、それはよい。久慈屋の旦那の飲み分をとってな、その残りで十分にござる」

「赤目様、私の酒は別にもらいます」

残りの二升が再び朱塗りの大杯に注がれ、小籐次は、

「こたびは介添えを遠慮申す。久慈屋どのの酒と付き合い酒ゆえな」

と言いながらも、気分をゆったりと半分ほどを味わいながら飲んだ。

「一升をまるで猪口の酒のように飲まれますな」

主が改めて驚いたところで昌右衛門の酒が届いて、夕餉が始まった。

「浩介、そなたが私に付き合いなされ。赤目様ではどうにも太刀打ちできぬでな」

おやえが気を利かせて父親と浩介の杯に酒を注いで、ゆくゆく親子になる二人が酒を飲み合った。

「固めの杯にござるか」

陽に焼けた小籐次の顔がさらに赤らみ、昌右衛門が満足そうに笑った。

江戸幕府は利根川筋とその分流の江戸川筋に十六もの渡し場を設けて、それ以外での渡船を禁じていた。その主たる取り締まりの対象は、

「出女と入り鉄砲」

にあった。だが、江戸開闢からおよそ二百年以上を経た今、その調べも形式に堕していたともいえる。

「赤目様、ちと訝しゅうございますな。私も川渡しは数多通過いたしましたがな、これほど厳しいお調べは初めてにございますぞ」

渡し場には長い行列ができていた。

一行も半刻（一時間）以上も待たされ、ようやく役人の前に進むことができた。

水戸家の御用達である久慈屋が水戸藩の御用で水戸に行くのだ。道中手形もそろっていればなんの問題もない。

高床の御番衆の長が腰を屈める昌右衛門を見て、

「おおっ、久慈屋、水戸行きじゃそうな」

と声を掛けてきた。昌右衛門が顔を上げて、

「おや、小松様、お久しぶりにございますな。いかにも水戸様の御用で城下に参ります」

「水戸から連絡が入っておるぞ。なんでも御鑓拝借の武芸者が同道するということではないか」

「はいはい、こちらがその赤目様にございます」

小松と呼ばれた御番衆組頭が小籐次を、

「ご貴殿が酔いどれ小籐次どのでござるか」

としげしげと値踏みするように見た。

「小松様、なんだ、爺侍のうえになりも小さいではないかと腹の中で思われておりますな」

「いや、そうではないが、大兵かと思うておったでな。当てが外れたのだ」

「小松様、高をくくった四家が支払うた代償は大きゅうございましたぞ。お気をつけあれ」

と昌右衛門が言い、

「小松様、本日はえらく厳しゅうございますな」

「この警備か」

小松がしばし思案した後、座を降りて昌右衛門に自ら歩み寄り、

「そなたゆえ申し聞かせておこうか。一昨晩、江戸城の御勘定方の御金蔵が破られ、所蔵の金子数千両が盗み出され、奥州筋に盗賊一味が逃げたということでな、かように警備が厳しくなったのだ」

「それは知りませんでした」

と昌右衛門が呆然とした。

小籐次は昨夜、おやえが湯殿で早馬が水戸街道を走っていくのを見たと言ったのは、御金蔵が破られた一件に関わる取締り方の早馬の一つかと得心した。

「小松様、われら一行六人、御番所を通らせて頂きますが、宜しゅうございますな」

「そこな娘御はどなたかな」

それでも小松は渡し場の役目を思い出したか聞いた。

「これはわが娘のおやえ、久慈の本家に参るところです」

「娘御か、よう面立ちが似ておるな」

と小松が妙に感心して御番所通過を許した。

利根川の支流の渡し船に乗り込んで竿が岸辺を突いたとき、二人の渡世人が、

「船頭、乗せてくれ」

と強引に船中に飛び込んできた。そのせいで船が大きく揺れた。

「客人、漕ぎ出された渡しに飛び込むなんて危ないじゃねえか」

と船頭が文句を言った。すると渡世人の一人が、

「船頭、急ぎ旅なんだよ、ぐずぐずぬかすねえ。おれっちは稲吉の万蔵一家のもんだ。文句があるというのなら、川の真ん中で渡しをひっくり返そうか」

と、じろりと睨んだ。

「そんなことされてたまるものか」

水戸街道で威勢を張る一家と知った船頭の舌鋒が急に弱くなった。

「あのお役人たち、私のこと、お父つぁんと面立ちが似ているですって。浩介さん、似てなんかないわね」

とおやえが浩介に聞いたのは、船中の気まずい雰囲気を忘れるためだった。

「おやえ様、親子ですもの旦那様のお顔と似てらっしゃいますよ」

「えっ、お父つぁんの角ばった顔とおやえが似ているの」

おやえが言い、浩介が困った顔で返答に窮した。

「おやえどの、血のつながった親子が似ておるのは当然なこと、また昌右衛門どのは大層目鼻立ちの整ったお顔じゃぞ。そなたはそのよいところを継いでおられるゆえ見目麗しい娘に育たれたのだ。なんの不満があるものか」

と小籐次が言い、おやえが、

「そうかしら」

となんとなく得心したようなしないような顔をした。

「親子で似てのうてよかったのはうちだけだ。なにしろ、それがしの顔はもくず蟹顔じゃからな、駿太郎がそっくりでは嫁の来てもあるまい」

「それはそうですよ。実の父親でもない赤目様に駿ちゃんの顔が似てきたら二代続いて独り者です」

「これ、小僧さん。そう正直に申されるお方がありますか」

「あら、お父つぁんたら、国三の言葉を念押しするようなひどい言い方だわ」

とおやえが応え、一座に笑いが起こり、そんな他愛もない会話で気持ちも解れた。

「昌右衛門どの、昨夜、おやえどのが早馬が水府目指して走っていくのを見たというが、御金蔵破りと関わりのある早馬であろうな」

「まず間違いございますまい」

と応じた昌右衛門が、

「ただ小松様のお話に得心できかねる点もございます」

と小籐次だけに聞こえる声で言い、小首を傾げた。

「ほう、得心できぬ点とはなにかな」

「大きな声では申し上げられませんがな、幕府の御金蔵は城中でも一番警護が厳しいところです。そんなところに外部から押し込みが入るものでしょうか」

いかにも、と納得しながらも小籐次は言った。

「現に水戸街道は厳しい警備が敷かれておる。おそらく江戸を基点とした五街道ばかりかすべての脇街道、抜け道に水戸街道と同じ警備が敷かれておると思われる」

昌右衛門が頷くと、さらに声をひそめた。

「幕府の御金蔵によしんば、強盗一味が押し込んだと致しましょうか。おそらくその賊どもはがっくりと致しましょうな」

「それはまたどうして」

「当節、勘定方に数千両の余裕があろうとは思えませぬ。毎年、かつかつの幕府の内証でしてな。私ども御用商人はどこもえらい無理難題を押しつけられておるのです」

「なんと天下の将軍様の金蔵は空っぽですか」

昌右衛門がこっくりと頷いた。

「だが、かようにも水戸街道は厳しい警備の下にある」

「なんぞからくりがあるか、江戸からもたらされた報せに誤りがあるか、のどちらかと私は見ましたがな」

と幕府が使う紙を納める御用商人が言い切った。

二

足に肉刺を作ったおやえに駕籠を雇い、小金宿から我孫子宿まで通しで急ぎ、我孫子で昼餉を食した一行は、順調に利根川本流へと差し掛かった。

我孫子から取手まで一里九町だが、その間に坂東太郎の異名をもつ利根川が待ち受けていた。

利根川は元々渡良瀬川、荒川とともに江戸の内海に注ぐ流れであったが、雨季や野分の季節、下流部で氾濫をしばしば起こした。ために徳川幕府は元和七年（一六二一）から莫大な費用と人員を投入して治水を図り、舟運の便宜に供するために古河付近で渡良瀬川と合流させ、ここから下流部へ新たな川を開削して常陸川につなげ、銚子の海へと流す利根川東遷の大事業に取り組み、完成させた。

この大工事により利根川を大船が往来できるようになり、利根川沿いには布佐河岸、小堀（おおほり）河岸など物資集荷の拠点宿ができて賑わいを見せた。江戸から物産と一緒に利根川遊覧の乗合船が運航するようになり、俳人の松尾芭蕉、小林一茶が訪れて、霞ヶ浦の雄大幻想の景色を江都に伝えた。

その利根川の渡し場のある小堀河岸に一行は到着した。

駕籠を降りたおやえが、

「浩介さん、なんと夥（おびただ）しい船にございましょう」

と河岸に舫われた大小の船の数に驚きの声を上げた。

「おやえ様、小堀河岸だけでも七十余隻の船が鑑札を許されておりますし、遠く江戸や川筋からやってきた船がいつでも百隻は集まりますゆえ、夕暮れはなかなか壮観な景色にございますよ」

浩介は水戸街道を頻繁に往来するだけに、なかなか地理や風物に詳しかった。

「浩介さん、お嬢さん、二人で暢気に話し込んでいますと渡しが出ますよ」

と国三が声をかけ、小籐次が、

「船頭さん、われら一行六人じゃが、乗せてくれぬか」

と願った。

「乗合船ですだ。どなたもお膝を詰め合わせてもらいましょうかな」

と乗合客に声をかけ、小籐次らは乗り込むことができた。

「船が出るぞ！」

の声のあと、船着場を離れた。

昼下がりの利根川を悠然とした櫓さばきで渡し船が行き、心地よい風が一行の頬を撫でた。

「おやえ様、肉刺はどうですか」

浩介がおやえの身を案じた。

「ゆうべのお医師の治療で楽になりましたうえに私だけ駕籠ですから、なんともございませんよ」

「あちら岸に渡りましたら、直ぐに駕籠を雇いますよ」

と国三が二人の話に口を挟んだ。

「お父つぁん、本日はどこ泊まり」

「取手までは半里もございますまい。その先の大きな宿場となると、三つ先の牛久までは四里ありますでな、無理はしますまい。今晩は取手泊まりじゃな」

「ならば、私歩いてみるわ」

とおやえが決断した。

渡し船が利根川の流れの中ほどに差し掛かったとき、風が変わった。空に黒雲が湧き、稲妻が疾(はし)った。

船頭の腕に力が入り、櫓が大きく強く撓(しな)った。だが、船は向いからの突風を受けてなかなか進まなかった。

船中にざわめきが走った。

おやえを始め、女たちの顔に恐怖が漂っていた。

「船頭どの、わしはちと船の心得がござる。手伝わせてくれ」

小籐次が立ち上がり、艫(とも)に行った。

「お侍、櫓の扱いを承知か」

小籐次の小柄な体を疑わしそうに見た船頭が聞いた。

「いささかござる」

「船頭さん、そのお方は赤目小籐次様と申され、来島水軍流の遣い手でしてな。船の扱いも櫓さばきも久慈屋昌右衛門が請け合いますぞ」

と昌右衛門が大声を上げ、船頭に伝えた。

「なにっ、このお方が御鑓拝借の豪傑か」

「いかにもさようですよ」

「酔いどれ小籐次様はこの界隈でも有名だよ、久慈屋の旦那」

「赤目様、お手並みを乗合の衆にご披露下されませ」

と昌右衛門が得意げに言い、船中に、
ほうっ
という嘆声が上がった。

小籐次は船頭の傍らで長い櫓に両手をかけた。

「参るぞ」

小籐次は船頭の動きにすいっと合わせた。腰が入った櫓さばきは直ぐに船頭に伝わり、

「お侍、御鑓拝借はたしかに伊達じゃねえな」

と船頭が褒めた。

船が安定して前へと進み始めた。だが、船足は最前の半分も上がらなかった。かろうじて突風に逆らいながら進んでいた。それでも確実に向こう岸が近付き、乗合客も落ち着きを取り戻していた。

突風が激しくなり、雷がごろごろと鳴り始め、稲妻も絶え間なく光った。

「雨が落ちてきましたよ」

旅商人が脱いでいた菅笠を被り、紐を締めた。それに倣った客が何人か出た。

川の流れには乗合船や荷船がいて、俄かの悪天候に必死で船を河岸へ着けようとしていた。だが、荷を満載した荷船は突風と流れに下流へと流されるものもあった。

向こう岸から小堀河岸に向う乗合船も客たちが騒いで立ち上がる者もいて、船中が混乱し、船が右に左に傾いた。そのうえ、馬を乗せているせいで船の傾きが増した。だが、小籐次らは自らの船を操ることに精一杯で他の船を構う余裕はなかった。

「重十、助けてくれ！」

小籐次たちとは反対に小堀河岸に向う船の船頭が悲鳴を上げ、立ち上がった客の一人が流れに落ち、続いて馬が暴れて飛び込んだ。

「文吉、客を座らせねえか！　まんず落ち着かせるこった！」

重十と呼ばれた小籐次の船の船頭が叫び、

「小堀河岸は諦めて、流れに乗せてどちら岸でもいい、河原に着けろ！」

とさらに指示した。

雨が大粒に変わり、水面に叩きつけて飛沫を上げた。

浩介が荷の中から油紙を出し、おやえと駿太郎に被せようとしたが、風に煽(あお)られてばたばたと鳴った。

重十と小籐次の呼吸はぴたりと合い、櫓が大きくしなりながらも確実に水を掻いた。

岸の船着場も霞んで見えるようになった。船を待つ客たちが雨と春雷に逃げ惑い、取手宿の方に走る者もいた。

船着場の川役人が心配げに流れを見ていた。だが、彼らとて俄かな天候の変化には打つ手はなかった。

「あれっ、あちらの船が転覆したぞ！」

「お客人、乗合か荷船か」

重十が聞いた。

小籐次と船頭には流れを振り向く余裕はない。ひたすら風と流れに逆らいながら河岸を見つめて櫓を漕ぐのに全精力を使っていた。

「乗合ですぞ！」

「南無三、文吉、頑張れよ」

重十が小籐次の傍らから言うのが精いっぱいできることだった。

「船頭どの、もう少しじゃぞ」

「合点承知だ」

風雨にもかかわらず二人の櫓さばきはぴたりと合っていた。

「赤目様、もう少しですよ」

浩介が激励の声を上げた。すると乗合客の一人が、

「やれ漕げ、それ漕げ！」

と囃し立てて景気を付けた。すると全員がその声に和し、

「やれ漕げ、それ漕げ」

「河岸は近いぞ、もう直ぐだ」

と大声で激励した。その声に勇気づけられるように小籐次と重十の腕に力が入った。

「もう半町だぞ、頑張れよ！」

川役人も岸から呼応した。

「お侍、助かったぜ」

重十のひげ面に大粒の雨が当たり、流れおちていく。

「そなたの同輩が無事だとよいがな」

「文吉は河童の申し子だ。なんとか助かろうが、乗合の衆はな」

と重十が言葉を濁した。

「あと少しだぞ」

川役人の声に舳先にいた客の一人が舫い綱を岸に投げた。その直後、舳先が船着場にこつんと当たった。

「お客人、ここで慌てて流れに落ちては元も子もねえ。船をしっかり舫うまで座って待ってなせえよ」

と重十が冷静に指示を出し、小籐次が竿を川底に立て船着場にぴたりと船腹を着けた。

舫い綱と竿で船が岸辺に固定された。小堀河岸からの乗合が安着したのを確かめた川役人は下流へと走って消えた。こちら岸から出立した乗合船の安否を確かめるためだろう。

「舳先の客から一人ひとり降りるだよ」

重十船頭の声にも安堵の色があった。

昌右衛門の一行も河原に降り立った。

船中に残ったのは重十と小籐次だけだ。

「赤目様、助かった。このとおりだ」

と重十が深々と腰を折って礼を述べた。

「重十どの、旅は相身互いじゃぞ。わしも連れになんの災難もなく辿りつけてひと安心いたした」

「赤目様、どちらに参られますな」

「久慈屋の旦那の供で水戸に参る」

「帰りにさ、いっぱい奢(おご)らせてくんな」

「楽しみにしておる」

小籐次の声に重十は、

「約束ですぜ」

と叫ぶと、同僚の文吉を案じて川役人を追って河原を下流へと走っていった。

小籐次は乗合船を最後に降りた。すると、乗合客の一人の老人が小籐次を待ち受けていて、

「お侍、おまえ様のお陰で命拾いをした。このとおりですよ」

と小籐次に合掌した。

「ご老人、礼などどうでもよい。この雨だ、風邪をひくといかぬ。旅籠に早く参られよ」

と促した。小籐次に頷き返した老人は土手で待つ連れの許へとよたよたと走り出した。

「昌右衛門どの、われらも宿に急ごうぞ」

の小籐次の声に、昌右衛門は、

「おやえ、足は大丈夫か」

と娘の肉刺を気にした。

「お父つぁん、命拾いしたのよ。肉刺なんてどうってことないわ。さ、行きましょう」

とおやえが自ら一行の先頭に立った。

河原にはもはや昌右衛門の一行しか残っていなかった。

だれもが全身ずぶ濡れだ。

「赤目様、駿ちゃんたら船中でも平然としていましたよ。さすがにお侍の子供だね」

「須藤平八郎どのの肝っ玉を受け継いでおるからな」

一行が河原から土手に上がろうとすると、飛沫が上がるほどの大雨の中、数人の人影が土手上に立っていた。

「旦那様、三番番頭さんですよ」

国三が告げ、

「一難去ってまた一難かのう」

と小籐次が平静に応じた。

泉蔵の連れは浪人者が三人だ。

「あれっ、昨日、逃げ出した小野塚がいるぞ」

と国三が声を張り上げ、

「赤目様、品川宿で見かけた三人組です」

と浩介も言い添えた。

昌右衛門がつかつかと泉蔵の前に歩み寄り、

「泉蔵、なんの真似です」

と厳しい声で叱咤した。

「旦那様、お恨み申します」

「恨みじゃと。そなたに恨まれる覚えはこの昌右衛門、ございませんぞ」

小籐次は昌右衛門を守るように傍らに控えた。破れ笠を通して雨が顔を打つ。

小野塚ら三人組は泉蔵の背後に懐手で待機したままだ。

「おやえはこの私が最初から見初めていた女だ。手代の浩介なんぞに横から攫われてたまるものか」

「おやえを見初めたですって、考え違いも甚だしい。そなた、久慈屋に奉公して何年になんなさる。三番番頭まで出世して親父の泰蔵の跡継ぎにできるかと思うたが、なんという愚か者です。そなたがお店の金子に手を付けておることもすでに承知です」

「それがどうした」

「ほう、居直りなさったか。盗人猛々しいとはこのこと、うちの奉公人から縄付きは出したくないと思うていたが、致し方ございませぬな」

小籐次はふと訝しいものを感じた。

泉蔵の後ろに控える三人組に斬り合いをする覚悟が希薄なことだ。

（おかしい）

小籐次が後ろを振り向いたのと浩介が悲鳴を上げたのは同時だった。

渡世人二人が浩介を突き飛ばし、おやえに躍りかかろうとしていた。

浩介が必死に立ち上がり、おやえの手を掴むやくざ者の手を振りほどこうとした。

小籐次は数間離れた場所の騒ぎに、破れ笠の縁に差し込んだ竹とんぼをつかむと指を捻って飛ばした。

ぶうーん
雨煙を切り裂いて竹とんぼが飛ぶと、おやえの手を掴んだやくざ者の顔を回転する羽根が、
ぱあっ
と斬り裂き血飛沫を上げさせた。

あっ！

と悲鳴を上げて立ち竦むやくざ者に小籐次が一喝した。

「酔いどれ小籐次、ちいと腹の虫が怒りを抑えかねておる。そなたらの素っ首、

坂東太郎の荒れた流れに斬り飛ばしてくれん！」

二人のやくざ者が小籐次の怒声に怯み、後ずさりした。

小籐次は再び泉蔵らに注意を向けた。

「泉蔵、この始末、どれほど高くつくか覚えておいでなされ」

こちらも昌右衛門の憤怒の声が響き、

「こうなれば獄門台は覚悟のうえ、水戸には絶対行かせません。菊池様方、戦はこの次です。赤目を叩き斬って下さいよ」

と泉蔵が三人の浪人らに言いかけ、雨煙を突いてその場から走り出した。


取手宿の旅籠の桔梗屋に落ち着いた久慈屋一行は、まず男衆が先に大きな湯殿に入ることになった。

「春の雨は意外と冷たいものです。駿太郎さんが風邪なんぞ引いてもいけませんでな」

昌右衛門が言い、国三と浩介が駿太郎にぬるま湯をかけて冷え切った体を温めると、気持ちよさそうに小便を長々とした。

「駿ちゃんたらおしっこをしてますよ」

「よほど気持ちがよいのであろうな」

湯船に浸かり、四人の男たちはほっと安堵した。

「なんとも出だしから、あれこれと起こる旅にございますな」

「昌右衛門どの、泉蔵の始末、どうなされます」

「お店の金子に手を付けた確証は未だ摑んでおりませんでしたが、あやつ、ぬけぬけと自ら認めました。三代続いた奉公人ゆえ信用してついうっかりしていました。どうしたものでしょうな」

と昌右衛門が小籐次の考えを聞くように顔を向けた。

「主の娘御に横恋慕したうえ主に楯つき、浪人ややくざ者を雇っての狼藉(ろうぜき)、もはや酌量の余地はございますまい。この次、姿を見せたときが泉蔵の最期です」

「致し方ございませんな。水戸街道なればどちらでも融通が利きます。赤目様、存分に腕をふるって下され」

昌右衛門は言外に後腐れのないような始末を小籐次に求めていた。

「餓えた狼はなにをするか知れませんでな。浩介さん、明日からおやえ様の身辺に気をつけて下されよ」

と小籐次が言うと、浩介は無言で頷いた。

三

小籐次は夢うつつの中で早馬が街道を駆け抜けるのを何度か耳にした。馬蹄が蹴散らす雨の音が重なっていた。

（御金蔵破りで幕府の役人か水戸家の家臣が走り回っているか）

そんなことを考えながらも七つまで眠りに就いていた。目覚めてみると、雨は未だ激しく降り続いていた。

小籐次は何度か読んだおりょうの文を、そっと広げて顔に押しあてた。芳（かぐわ）しいおりょうの匂いがほんのりと鼻腔を擽った。文面はそらで覚えていた。

「お懐かしき赤目小籐次様

駿太郎様に会いとうてお長屋に参りましたが明日水戸へ参られるとか。おりょうは日夜赤目様と駿太郎様の道中ご無事を神仏に祈願しております。

水戸からお戻りになられた頃、お伺い致します。　おりょう」

短い文面を何度読み返したことか。小籐次が水茎（みずくき）麗しい文を畳んだとき、起きたと推量したか、隣座敷との襖（ふすま）が開き、昌右衛門が、

「赤目様、雨は今日一日降り続く気配です。日和は致し方ございません。本日は取手宿に足止めです」

「おやえどのの肉刺にはそれがよかろう」

「濡れそぼった着物も乾いておりませぬ。道中、旅籠でのんびりと二度寝もよいものですよ」

二人は再び寝床に体を横たえた。どれほど寝たか。大雨の音と競うような駿太郎の泣き声で目を覚まされた。すると国三が飛んできて、

「おむつですよ、赤目様」

と手際よく替えようとした。

「すまぬな、国三さん」

「これが仕事です。旦那様も浩介さんも囲炉裏端で茶を飲んでいますよ。赤目様もどうぞ」

「この場は任せてよいか」

「私と国三で面倒をみます」

とおやえまで姿を見せて、小籐次は囲炉裏端に追いやられた。すると、そこでこの旅籠の主と思しき人物と昌右衛門が話をしていた。

この桔梗屋もまた水戸と江戸を頻繁に往来する久慈屋の馴染みの宿だ。当然、丁重な扱いであった。

「思いがけず長寝をしてしもうた。相すまぬことです」

「一日桔梗屋さんに厄介になる身です、昼寝だろうがなんだろうが、ご自由になされませ」

「このお方が有名な赤目様ですか。昨日はかけ違ってお目にかかることができませんでしたが、桔梗屋の主の忠兵衛にございます。久慈屋様とは何代も前からのお付き合いにございます」

「忠兵衛さん、赤目様はうちばかりか、水戸家の命運を左右なされようというお方ですよ」

「水戸様も赤目様の腕を頼りになされておりますか」

「腕は腕でも剣術ではございませんよ。西ノ内和紙を利用して新しい行灯を赤目様が考案なされましてな。それが吉原で評判になり、江戸じゅうに広まる勢い。このたび、赤目様はさらに工夫なされた行灯の指導に呼ばれていくところです」

「ほの明かり久慈行灯は赤目様の工夫にございましたか」

「いかにもさようでございます。水戸家では領内の名物として江戸で売り出そうと考えられ、藩を挙げての協力ですよ」

「それはそれは。水戸の新しい特産が売れるということは久慈屋様の紙もまた捌けるということですな」

「はいはい。うちも水戸様も赤目大明神には足を向けては寝られません」

と昌右衛門が冗談を言い、小籐次が、

「昨夜、大雨の中、早馬が水戸に向って何騎も走り抜けていきましたな」

と話柄を変えた。

「それですよ、赤目様。新たな事実が分りましたぞ」

「御金蔵が破られた一件ですな」

「私が睨んだとおり、御金蔵が破られたのではございませんでした。桔梗屋の主どのがさる筋から聞き込んだものです」

と昌右衛門がいい、忠兵衛が頷いた。

「と申されると」

「御金座の後藤家に賊が押し入り、新しく鋳造中の七千余両を強奪して御堀に待たせた押送船（おしおくりぶね）に積み込んで大川へと逃走に及んだそうで。あっという間の出来事だそうです」

「なにっ、金座に押し込みましたか」

「手際がよいこと、事情をよう承知しておることなどを考えますと、後藤家の内情に詳しい者が一味に加わっておるのではないかと推測されているそうです」

金座は文禄四年（一五九五）に家康が彫金師の後藤庄三郎光次を金銀改役に任命して始まったものだ。以後、金座は勘定奉行支配下におかれ、小判、一分判の鋳造、極印、検定、包封を行う役所として駿府、京都、佐渡にも設置されていた。

この金座を代々後藤家が世襲して家職とし、江戸城常磐橋前の後藤家の敷地内に吹所（小判鋳造場）が設けられていた。

「小判を木槌で打ちながら鋳造する職人衆は金座の出入りの度に一人残らず裸になり、髪の中、口の中まで調べられると申します。それが七千両もの大金を盗まれたそうな。いくら深夜とは申せ、あっさりと屋敷内に賊を入れてしもうた失態に後藤家でも震え上がっておられましょうな。この一件、幕府にも大打撃ですよ」

と昌右衛門は金改役の後藤家に同情してみせたり、幕府の内証を心配したりした。

「水戸街道を賊が逃げたというのは確かなことにございましょうかな」

「大川に出て押送船は上流に向ったという話でしてな。どうやら私らと一緒の道を辿っておると推量されたようです」

押送船は、江戸内海や外海で採れた鮮魚を一刻を争いながら江戸へ運び込むための早船だ。何挺もの櫓を揃えて御城近くの魚河岸を目指す光景は勇壮かつ豪快で一大名物であった。

金座に押し入った賊一味が押送船を利用した点もなかなかの着眼といえた。だが、魚河岸に荷を降ろした押送船が日本橋川から大川に出ると下流へ、江戸の内海に向うことはあっても上流に向うことはまずない。

それをだれかに目撃されていたか。

「七千両と申せばかなりの重さにございます。この大雨では盗人一味もどこぞで閉口しておりましょうな。もっとも、私どもが案ずることではございませんがな」

と昌右衛門が賊一味にまで同情してみせたとき、桔梗屋の表口が急に騒がしくなり忠兵衛が慌てて囲炉裏端から立ち上がっていった。

「なんでございましょう」

表戸を開いたため、雨の音が囲炉裏端にも大きく響いてきた。

「お客様、宿改めにございます」

番頭の声が響き、どかどかと二階への階段を上がる足音が響いてきた。代官所の役人か、土地の御用聞きが乗り込んでの調べのようだ。

「金座の押し込み一味の探索ですかな」

「まず、それに違いございますまい」

ふうっ
と荒い息を弾ませながら部屋の入口に立った男がいた。股引も腰帯にからげた裾も袖も雨に濡れて、
ぽたぽた
と滴(しずく)が廊下にも敷居にも垂れた。

「泊まり客かえ。手形を見せねえ」

「離れにおいてございます」

と昌右衛門が立ち上がろうとするのを、懐から出した十手の先で牽制した御用聞きが、

「お侍、おまえは連れかえ」

と聞いた。

「それがしのことかな。いかにも江戸芝口橋の紙問屋久慈屋様ご一行の道中御用

を仰せつかった者でな」

「久慈屋は用心棒を雇うような怪しい商いをしているのか」

「親分さん、赤目様は用心棒などではございません。赤目様はこたび、水戸藩御用で水府に道中する途中、私どもの手形には水戸家御用の添え書きもございます」

と昌右衛門が答えたとき、御用聞きの背後から忠兵衛と道中方手代が姿を見せた。

「権造、こちらはよい」

御用聞きは権造という名か。

「旦那、江戸からどんな人間も見逃すなという命が回ってきたんじゃございませんか」

「幕府御用達、水戸様出入りの久慈屋の主従に連れは赤目小籐次どのだぞ、身元は知れておる」

「赤目小籐次ですって。江戸で評判の酔いどれ小籐次のことですかえ」

と小籐次の顔を見ながら御用聞きの権造が言い放った。

「親分、いかにも御鑓拝借、小金井橋十三人斬りの赤目小籐次様ですよ。なんぞご不審ですかな」

　怒りを抑えた昌右衛門が御用聞きの不作法を咎め、

「なんでしたら赤目様と分るように来島水軍流の一手、ご披露して頂きましょうかな。ですが、赤目様の次直、一旦鞘から出ますと嵐を呼ばずには元へと戻りませんぞ」

　と御用聞きを脅した。

「糞っ、久慈屋め、でけえ面をしやがって」

　と罵り声が御用聞きの口から洩れ、手代と一緒に姿を消した。すると、廊下に小さな水たまりができていた。

「赤目様、泉蔵のことといい、御金座破りの一件といい、水戸街道風雲急でございますな」

「いかにもさようじゃが、昌右衛門どの、われら、相手の動きに惑わされることなく参ろうか」

「なにはともあれ、赤目様が同道下さったのは大安心にございますよ」

　この日、おやえは桔梗屋の女衆に手伝ってもらい、濡れた道中着にひのしをかけて乾かす仕事をつづけた。そんな作業が一日繰り返され、まめまめしくもおやえを浩介が手伝い、またそんな二人の様子を昌右衛門が満足げな表情で見詰めていた。

「昌右衛門どの、これで久慈屋の表も奥も安泰にございますな」

と小籐次が話しかけると、

「なんとか半人前の娘には育ったようです」

と満更でもない顔で答えたものだ。

おやえらの手で駿太郎のおむつまでがひのしで乾かされ、それが終わったとき、さしもの大雨も上がり、夕暮れの西空が淡く茜色(あかねいろ)に染まった。

「おやえ様、明日は上天気の道中日和です」

「浩介さん、一日休んだおかげで肉刺も治ったわ」

「よかった」

「お二人さん、明日から旅の出直しですよ」

と駿太郎をおぶった国三が幸せな二人の会話に口を挟み、桔梗屋じゅうに足止めが一日で終わった安堵の空気が流れた。

翌朝七つ、久慈屋昌右衛門の一行は取手を発った。夜が明けてくると朝靄が道に漂い、夢幻と想える田園風景が展開された。

「あれ、田圃（たんぼ）に白い鳥が」

「おやえ様、白鷺（しらさぎ）ですよ」

江戸生まれで芝口育ちのおやえは、どのような田舎の景色や風物にも感嘆し、浩介が丁寧に説明していた。恋する二人にとってはどんなことでもが喜びのタネらしい。

取手から次なる大きな宿場の牛久までは四里である。藤代、若柴と進み、眩（まぶ）しいほどの陽が一行の右手から上がった。若柴宿外れの道しるべに、

「江戸へ十三里、水戸へ十六里」

とあった。

「あれ、三晩も泊まりを重ねて、まだ半分も進んでないぞ」

と小僧の国三が驚きの声を上げた。

「雨に降られたのです。致し方ございませんよ」

昌右衛門が鷹揚（おうよう）に応じた。

このたびの水戸、久慈行きは、小籐次の水戸家中への竹細工指導と本家への挨拶だが、そのどちらも気を遣うことではなかった。それが昌右衛門に余裕を持た

せていた。

「赤目様、ご家中では御作事場に竹細工を習う領民を五、六十人も集めるそうです。大変でしょうが、お願い申しますよ」

「もうすでに、ほの明かり久慈行灯の作り方を熟知した役人方や職人衆が水戸にはおられる。この方々と一緒に新しい細工を考えながら、初めての人に手ほどきをするだけのこと。最初の水戸行きに比べれば、なんということもござらぬ」

「赤目様の竹細工は水戸家中を通じて大きな物産の華に育とうとしております。そのおかげで西ノ内和紙の名が上がり、うちの紙が一帖でも余計に売れれば水戸様も久慈屋も万々歳、めでたしめでたしです」

「このご時世、御三家だといって安閑としておられぬからな」

昨日一日桔梗屋で休んだので、だれの足取りも軽かった。

「おやえ様、肉刺の具合はどうですか」

と背に大包丁を斜めに負った浩介がおやえの足を案じたが、

「もはや、なんともございませんよ」

とその場で跳ね飛んでみせた。

「これこれ、若い娘が往来で、そのようなおてんばをするものではありませんぞ」

という昌右衛門の顔にも安心の気配があった。

「赤目様、あとは泉蔵の始末ですね」

「一昨日からの大雨に、のぼせ頭を冷やされて平静を取り戻すとよいのじゃがな」

「さあて、そううまくいきますか」

「昌右衛門どのは簡単に泉蔵が引き下がらぬと考えておられるか」

「なにしろお店の金子に手を付けておりますからな。自暴自棄になっておるやもしれませぬ。それと……」

と小籐次だけに聞こえるように昌右衛門が声を潜めた。

「うちの者が水戸へ行くときには、いつも半期ごとに精算する金子を持参する習わしがございます。まさかとは思いますが、泉蔵、この金子を狙っておるのではございませぬかな」

「こたびもそのような大金をお持ちか」

「いえ、私の懐にあるのは路銀ばかりです。ですが、泉蔵はこのことは承知しておりません」

「ふーむ。あり得る話だ。泉蔵が欲得ずくとなると、昌右衛門どのの推察どおり今後も執拗にわれらに付きまといますぞ」

小籐次は最前から一行を監視する目を感じ取っていた。だが、昌右衛門らには不安にさせまいと黙っていた。

牛久宿には五つ半（午前九時）に到着した。街道筋の茶店で一息入れて再び出立しようとする一行の前を、鈴を鳴らした通し飛脚が駆け抜けようとして立ち止まり、

「久慈屋の旦那」

と叫んで引き返してきた。

「おや、木挽町の伝助さんじゃありませんか」

目敏く浩介が馴染みの飛脚屋を認めた。

「大番頭さんからの文を預かって水戸へ走るところですよ。もそっと先かと思い、危うく追い越すところでした」

「雨のせいで取手宿で足止めを食いましてな」

と答える昌右衛門に、肩に担いだ箱から伝助が一通の書状を取り出した。

「赤目様、観右衛門の文を読んで先に進みましょうかな」

と今出てきたばかりの茶店に一行は引き返した。むろん江戸から走り通してき

た伝助も一緒だ。

昌右衛門は一行から少し離れた場所に座し、小籐次だけを傍らに呼び寄せた。

そして、観右衛門からの書状を小籐次にも読めるように広げて黙読した。

「昌右衛門様
松戸宿からの文に接し、観右衛門大いに驚愕致しております。泉蔵の行状を見逃してきたは偏(ひとえ)に大番頭たる私めの責任にございます。この一件が落着致しました暁にはいかようなお咎めをもお受け致す所存にございます。

ですが、ただ今は泉蔵の悪行を知ることが先決かと旦那様と夜明かしして調べた帳簿の疑いの箇所を私自身が改めますと、
一　下谷山崎町　幡随院　百五十両
一　品川宿　東海寺　七十三両
一　浅草御蔵前　札差伊勢屋平兵衛　八十五両
一　麴町九丁目　常仙寺　六十六両二分
一　芝大名小路　伊予松山藩　四十七両
と都合四百二十一両二分の不正が明確になりましてございます。

旦那様の文によれば浩介が品川宿の女郎屋土蔵相模で泉蔵の遊興を見たとか。

急ぎ土蔵相模を訪ねて泉蔵の登楼ぶりを調べますと、室町の紙屋の番頭泉蔵として数年前からの馴染み客と申します。これまで遊興費の総額はなんと二百余両に達している模様にございます。

一奉公人が費消する金子に非ず、お店の金子をごまかしての遊興は明白にございます。真にもって遺憾千万、なんとしても泉蔵を捕縛致し真相を究明致したいと私めは考えておりますが、旦那様のお考えは如何(いかが)かと江戸にて案じております。右取り急ぎ一筆認めました。旦那様のご判断をお願い申し上げます。

観右衛門拝」

文を読み終えた昌右衛門と小籐次は同時に顔を上げ、目を見合わせた。

「どうなされますな」

「ちと考える時が欲しゅうございます」

と答えた昌右衛門が、

「伝助さん、土浦宿まで同行してくれぬか。宿に到着次第文を書きますで、明朝江戸に戻ってくれぬか」

「旦那、わっしは水戸まで追いかける心積もりで江戸を出てきたんで。書状を頂戴しだい江戸に走っても構いませんぜ」

「もはや、一刻半日急ぐことではございませんでな」

と昌右衛門が請け合い、再び茶店から四里先の土浦宿を目指すことになった。

四

知り合いの伝助が一行に加わり、さらに賑やかな道中になった。

「小僧さんよ、赤ちゃんをおぶってなさるが、だれの子じゃあ」

「赤目様のとこの駿ちゃんですよ」

「おや、酔いどれの旦那は子持ちか。妻女様がいたとは聞いたこともないがな」

と伝助が昌右衛門と肩を並べて歩く小籐次を盗み見た。

「伝助さん、もくず蟹の赤目様に女子（おなご）がいるものですか。貰い子ですよ」

と国三が駿太郎の出自と小籐次が育てることになった経緯を説明した。

「なんと、酔いどれ様の命を狙った殺し屋侍のお子を育てていなさるというか。小僧さんはもくず蟹なんていうがよ、このご時世、そんなお武家は直参旗本総まくりしたっているもんじゃねえ。さすがに大名四家をきりきり舞いさせた酔いどれ小籐次様だねえ」

と伝助が感心し、浩介が、

「伝助さん、常磐橋界隈で大変な騒ぎが持ち上がっているそうですね」

と聞いた。

「浩介さん、それよ。金座支配の後藤様はこれまで何度か不始末があったろう。今度ばかりはお家取り潰しという噂だぜ」

「盗まれた金子は鋳造中の小判ですか」

「いや、新小判を一気に七千枚も鋳造するほど幕府勘定方は景気よくねえや。諸国で流通した古小判の書き換えやら二分金なんぞが混じっているという話だ。新小判だろうが古小判だろうが、一両に変わりはないからな」

「もっともです。しかし警護が厳重な後藤家にすんなりと入り込んだものですね」

「なんでも噂では、後藤家の親戚筋の男が一枚噛んだ仕業という話だぜ。そやつは金座職人が出入りの際、褌まで外させて小判を持ち出してねえかどうか調べる役目の後藤越蔵って男らしいがねえ、こちとら金座とはお近付きはねえや。ほんとうに越蔵が内部から閂なんぞを外して賊一味を呼び込んだかどうか、保証のかぎりじゃねえや」

「またなんで、越蔵は盗人一味に手を貸すような大それた真似をしたんでしょう」

「お定まりさ、吉原の遊女に入れ揚げて金に困っていたらしい。そんなところを押し込み一味に狙われたかねえ」

と伝助が自分の推量を交えて告げた。

「伝助、意外と巷の噂もその推量も当たっていますよ。押し込んだ一味は名代の盗人でしょうか」

「こいつも噂だがねえ、なんぞ不始末あって取り潰された大身旗本が頭分で、その頭の仲間が一味というぞ」

「それはまた驚き桃の木山椒の木ですな。伝助さん、廃絶の旗本家の名は分りませぬか」

と伝助と浩介の話に堪え切れずに昌右衛門が加わった。

「旦那、さすがにそこまでは噂もねえや。なんでも御金座支配の勘定方と関わりの旗本ではないかって巷の噂だがね。ともかくさ、内部から後藤越蔵に門を外させて一気に押し込み、後藤家の当代やら奉公人を脅かして金座の金蔵に入り込んで七千両だかを盗み出して風のように立ち去った手口は、俄か盗人にしてはなんとも鮮やかだってんでね。よほど前もって訓練がなされたのだろうと読売は書き立ててますがね」

「後藤様には怪我人はございませんか」

「それがさ、金座側には一人の怪我人も死人もねえ。だが、引き上げるとき、手引きした越蔵を刺殺して口封じをしていったって話ですぜ」

「哀れなるかな、後藤の越蔵ですな。それにしても、御城近くでなんとも大胆な話ですよ」

「飛脚屋どの、水戸街道を一味が逃げたという話は真実かのう」

小籐次も口を挟んだ。

「酔いどれ様、江戸じゅうを騒がせた一味だ。東海道だろうが中山道だろうが犯行が知れた直後に町奉行所が早馬を飛ばして府内各所の大木戸を閉じたのさ。だがさ、そやつらは漁師が使う押送船で一気に日本橋川から大川に出て、上流に向ったそうで盗人が一枚上手だ。どこの街道筋も厳しい取り締まりがあるがさ、水戸街道の警戒が取り分け厳重なのはたしかだな」

「それですよ。ただ、大川を上流に向ったとはいえ、荒川に出れば中山道ともつながり、さらに新河岸川を使えば川越城下にだって逃げられる。なぜ水戸街道の警戒が取り分け厳しいのですかね」

「旦那、それがさ、なんでも押し込んだ元旗本の所領地だかが、こっちにあるという話だがねえ」

「ははあん、それで得心いきました」

と昌右衛門は謎が解けたというふうに頷いた。

一行が土浦城下に到着したのは昼過ぎのことだ。

土浦は江戸と水戸のちょうど中間点の要衝として、徳川家門閥の松平家や、老中職や寺社奉行を務めた土屋家が治めてきた。

小籐次ら一行が土浦に到着した当時、土屋家九代相模守彦直（よしなお）が藩主であり、彦直は幕府の奏者番（そうしゃばん）を務めていた。

石高九万五千の土浦城は、五重の堀に桜川や霞ヶ浦の水を引き入れる周到な防備の城で水に浮かぶその様から、

「亀城（きじょう）」

との異名を持ち、常総台地の物産が土浦城下に集まって活気のある城下町であった。

「泊まるにはちと早い刻限ですな。昼餉を食す飯屋で文を認めます」

と昌右衛門が小籐次に言った。

四里の道々、伝助らと話しながらも江戸の店を仕切る大番頭の観右衛門への返信の文面をまとめたか、そう言った。

「土浦宿の二つ先の宿稲吉までは二里にござったな。本日は稲吉までは進みとうござるな」

と小籐次も答えていた。いくら急ぎ旅でないとはいえ、江戸を出てすでに三晩の泊まりを重ねていた。物見遊山の道中ではない。

二人の話を聞いていた浩介が、

「旦那様、昼餉はどこに致しましょうか」

「伝助さんには土浦から江戸へ引き返してもらうことになりそうです。なんでも近頃、霞ヶ浦で獲れた鰻を使う蒲焼が評判の店があるというではありませんか。どこぞそのような鰻屋を知りませぬか」

「さて、いつもは土浦で泊まることなく通過致しますので、鰻の蒲焼ですか」

とさすがに物知りの浩介も頭を捻った。

「旦那、わっしも食ったことはねえがね、だれぞが噂していた鰻屋が伝馬宿の傍にあるといいますぜ」

「ならば、伝助さん、そこへ案内なされ」

と昌右衛門が命じて伝助が、

「へえっ、合点だ」

と張り切った。

土浦城下の水戸街道の辻にある鰻屋の霞屋は、

「霞ヶ浦鰻の蒲焼」

を売り物にする川魚料理屋でなかなかの門構えだった。

一行は座敷に落ち着き、名物の鰻を注文した後、昌右衛門は腰に下げた矢立から筆を出して巻紙に文を書き始めた。だが、三代にわたった奉公人の進退だけに文面に苦慮して、なかなか文は仕上がらなかった。

「ふうーっ」

と昌右衛門が大きな溜息を一つ吐いたとき、鰻が運ばれてきた。封をした昌右衛門がようやく現実に戻り、

「なんですね、私を待たずに先に食べておられればよいものを。おや、赤目様に酒がきておりませんぞ」

と注文をつけた。

「鰻は今届いたばかりよ、お父つぁん」

「酒はどうしなさった」

「昼酒は当分禁じると申されて赤目様がお断りになったのです」

「赤目様、遠慮は無用ですよ」

と注文しようという昌右衛門に小籐次は、

「昌右衛門どの、おやえどのからも浩介どのからも何度も勧められましたがな、あれこれと難儀が待ち受けておる道中です。酒は泊まりの旅籠で頂戴いたす」

と改めて断り、香ばしい鰻に目をやった。

「おおっ、これは美味しそうな」

「待たせましたな、ささっ、頂戴致しましょうか」

一同は霞ヶ浦で獲れた鰻の美味を堪能し、満腹した。その時点ですでに刻限は八つ(午後二時)を回っていた。

昌右衛門は書きかけの書状に手を加え、ようやく書き上がった。

「伝助さんや、この文を芝口橋まで届けて下されよ」

と苦労して認めた文を酒代と一緒に伝助に渡し、

「確かに明日じゅうには観右衛門さんに手渡しますぜ」

と請け合った伝助と土浦城下の霞屋の店前で左右に分れることになった。

「さて、赤目様、ちょいと道草を食い食いの旅にございますが、あと二里ばかり先に進みましょうかな」

江戸時代、旅人は七つ発ち七つ泊まりで一日十里を目標にした。

一行は八つ半（午後三時）過ぎに二里先の稲吉宿を目指して再出立した。土浦城下を出ると、街道の東側に霞ヶ浦が見えた。

西に傾きかけた陽に湖面がきらきらと光って美しい。湖に生息する魚を漁る船が帆に風を孕んで進む様が江戸育ちのおやえや国三には珍しかった。

「国三、これは海なの池なの」

「これほど大きな池がありますか。海に決まってますよ」

「あら、鰻って海で獲れるの」

二人の話は他愛がない。

「おやえ様、霞ヶ浦は湖にございます。ですが、海にもつながっております。そのために『流海』と呼ばれております」

「浩介さん、海なの湖なの」

「湖でありながら、ここでは海の幸も川の魚も獲れます。だから、海とも湖とも決めつけられません」

と浩介がおやえと国三に教えた。

さすがに遅い昼餉の後の道中だ。おやえがいて、国三の背には駿太郎がおぶわれている一行の歩みは他の旅人に比べて遅かった。

いつしか前後に人影はなくなった。

「陽のあるうちに稲吉に辿り着きたいと思いましたが、ちと無理でしたかな」

「まあ、ゆるゆると参りましょうか」

小籐次は答えたが、最前から五体にむずむずとする感触があった。

まあ、なんぞあれば出たとこ勝負と覚悟を決めて、辺りに気を配りながら歩を進めた。

一天にわかにかき曇り、突然雷が鳴り始め、おやえが浩介の腕に縋った。すると霞ヶ浦の岸辺から、

ぎええっ！

という悲鳴が起こった。

「なんでございましょうな」

と昌右衛門が足を止め、不安げな表情で湖面を見た。すると、街道の東側の萱(かや)

の原がわさわさと揺れて、街道に向って何者かが走りくる気配があった。

いきなり血相を変えた黒羽織が飛び出してきて、土手に足を取られて転んだ。それを追って剣客体の浪人が姿を見せた。その手には抜き身があったが、刀を使い慣れた者の下げようだ。

小籐次は昨日の昼、旅籠で探索に訪れた道中方手代だと思った。その手代が這い起きた。追っ手はすでに手代の傍らに間合いを詰めて悠然と立っていた。

「待て、手下を放り捨て、そのほうだけ逃げる気か」

追い詰められた手代は必死の形相で刀を抜いた。だが、腰が定まらず剣術は得意とも思えなかった。

「そのほうら、われらを追い詰めたは褒めて遣わす。だが、聞き知ったことを胸に秘めて地獄に参れ」

と非情にも宣告すると、抜き身を振り上げた。

「待て」

小籐次が声をかけた。

きっ
とした視線を浪人剣客が小籐次に向けた。

「何者か」

「旅の者だ。その役人どのにはちと縁がなくもない。斬り殺されるのを見逃すのも不憫、つい声をかけた」

「止めておけ。怪我の因だ」

小籐次らと浪人剣客の間には七、八間の間合いがあった。

小籐次の手が破れ笠の縁に行き、竹とんぼを摘んだ。両手に柄が挟まれ、前後に掌が滑った。その瞬間、

ぶうっ

という羽根の音とともに地面を這うように竹とんぼが飛翔し、ふいに蛇が鎌首をもたげるように浪人剣客の足元から上昇を始めた。

うーむ

と竹とんぼの動きに気を取られた浪人が手で払おうとすると、飛翔を続ける物体がひょいと方向を変えて、いきなり鋭く尖った羽根が頬を襲った。

「なにを致すか」

竹とんぼを振り払おうとした片手で傷口を調べようとした。

その間に小籐次が、

するする
と間合いを詰めていた。

「何奴か」

浪人剣客が傷口を押さえた手を振ると血が飛んだ。その注意が小籐次に向けら
れた。

「手代どの、この場を離れよ」

と小籐次が命ずると、道中方の手代が慌てて後ずさりした。さらに小籐次の視
線が浪人剣客に向けられ、

「赤目小籐次と申す」

と名乗った。

「なにっ、赤目小籐次とな。御鑓拝借の赤目か」

浪人剣客は小籐次の名を承知か、そう言った。

「巷では酔いどれ小籐次と呼ばれているそうな」

「おのれ、邪魔立て致すな」

浪人剣客が踏み込みざまに小籐次目掛けて上段の剣を振り下ろしてきた。小籐
次の体が、

するり
と相手の内懐に入り込んだのを、昌右衛門らは薄暗く濁った天候の下で見た。

腰の次直が一閃すると同時に雷が轟いた。稲光を映した刃が浪人剣客の胴に見舞われた。

げえぇっ！

「来島水軍流流れ胴斬り」

と小籐次の言葉が洩れたとき、浪人剣客の体がゆらりと揺れて、その直後、どどっ、と朽木が倒れるように水戸街道に崩れ落ちた。

小籐次が血ぶりをすると、次直を鞘に収めた。

「手代どの、なにがあった」

手代は小籐次の早技に呆然自失として、口も利けない様子だ。

「どういたした」

「はっ、はい」

「こやつが手下を放り捨てどうのこうのと申したな」

「ああっ、権造が、き、斬られました」

「御用聞きの親分が斬られたとな。だれにじゃ」

「江戸の御金座を破った一味が船にて霞ヶ浦に乗り込むとの話を権造が探り出して土浦まで出張りましたところ、たしかに怪しき連中が岸辺に船を寄せました。そこで誰何した途端、いきなり権造が斬られましたのでございます」

「仔細はおよそ分った。そなた、名はなんと申す」

「園田虎八にござる」

「園田氏か」

と言いながら小籐次が萱の原に目を向けたとき、萱の原がざわざわと揺れて今度は街道近くから霞ヶ浦の岸辺へと走り消えた気配があった。浪人剣客は一人ではなく二人で園田を追ってきたようだ。

「昌右衛門どの、この場で待ってくれませぬかな。街道から決して動いてはなりませぬぞ」

と言い、園田に、

「権造親分が斬られた場所まで案内なされ」

と命じた。小籐次の助勢に勇躍した園田が、

「畏まった」

と再び萱の原に飛び込んでいった。

第四章　長包丁供養

一

久慈屋昌右衛門の一行は草臥(くたび)れ果て、五つ（午後八時）過ぎの刻限に稲吉宿の旅籠筑波屋に到着した。

初めての飛び込みの客ならば即座に断られた刻限だろう。だが、江戸の老舗久慈屋の先祖は常陸国久慈の出で、筑波屋とも何代も前からの付き合いである。

番頭の命で男衆、女衆らがすでに湯を落としていた風呂を沸かし直し、ご飯を炊き直して夕餉の仕度を始めた。

その間、囲炉裏端に落ち着いた小籐次は、板の間の端っこで国三の背におぶわれてきた駿太郎のおむつを取り替え、湯に浸した手拭で体の汗と汚れを落として清めた。その後、赤子を生んだばかりという筑波屋の女衆から貰い乳をした駿太郎は満足げな様子で眠りに就いた。

駿太郎は国三が言うように旅に出て一段と元気になり、動きもしっかりとしてきたようだ。

「ささっ、夕餉ができるまで沢庵の古漬けで一杯おやりなされ」

と昌右衛門が宿に命じて用意させた樽から木製の大杯に酒を注がせた。

「久慈屋の旦那様、このお方がそれほどにお酒を召し上がるので。失礼ながらなりも小そうございますし、お歳も召しておられるようにお見受け致しますがな」

番頭が訝しい顔をした。毎夕繰り返される旅籠での会話だ。

「番頭さん、まあ、飲みっぷりをとくとご覧なされ。一幅の絵ですぞ」

昌右衛門の言葉に、

「番頭どの、久慈屋どのの言葉は大仰、聞き流して下されよ。ともあれ、頂戴致す」

と小籐次は一升五合は入るという木杯を自ら両手に抱え、そっと持ち上げると口を付け、傾けた。美酒がかつえていた口に流れ込み、喉に落ちて、胃の腑に収まるのに数瞬しか要しなかった。

「喉が渇いたゆえ、つい夢中で味も分らず飲み干してしもうた。なんとも勿体ないことでござった」

と呟く小籐次に番頭が、

「久慈屋の旦那様、このお方は化け物でございますか」

と呆れ顔をした。

「さよう、化け物かもしれませぬな。江戸ではだれ一人として知らぬ者なき御仁、肥前小城藩を始め大名四家の参勤をきりきり舞いさせた御鑓拝借の赤目小籐次様ゆえな」

と昌右衛門が得意げに言うと、

「なんと、このお方が酔いどれ小籐次様でしたか」

「いかにも番頭さん、酔いどれ様のご到来です」

「男衆、酔いどれ様の器にどんどん酒を注ぎなされ」

と命じた。

小籐次が二杯目を味わいながら飲み干したところに、筑波屋の表戸ががんがんと叩かれ、

「今頃なんですかな」

と番頭が立ち上がっていき、

「お客人なれば、今晩はどの部屋も埋まってございます」

と戸口の外に断った。すると、

「幕府道中方である。こちらに江戸芝口橋紙問屋久慈屋一行が泊まっておろうな」

「はい、いかにもお泊まりにございます」

と答えた番頭の手で通用口が開かれると、陣笠を被った頭を下げて馬乗り袴の武士が入ってきた。

訪問者の正体を知った昌右衛門も囲炉裏端から表に行った。

小籐次は三杯目の酒が満たされるのを見ながら、霞ケ浦の岸辺の騒ぎを思い起こしていた。

手代の園田と萱の原を分け、岸辺に行くと、半町ほどのところに小さな帆掛け船が浮かび、岸から沖合へと離れていくところであった。そして、岸辺に一度だけ出会った御用聞きの権造が額を真っ二つに割られて倒れているのが、うっすらと見えた。

春雷のあと、辺りが薄暗くなっていた。

小籐次は片膝を突き、権造の脈を探ったが、もはや骸と変わっていた。小籐次は船影を見ながら、

「園田氏、あの者たちは江戸の御金座を破った連中かな」

と聞いた。

「赤目どの、権造が探り出してきた情報にございましてな、霞ヶ浦の土浦の浜で仲間と落ち合うために船を着けるという話にございました。そこで二人だけで確かめに参ったのですが、功に逸ったか、権造がやつらを見て慌てて、『てめえら、江戸で御金座を襲った一味だな』と十手を振り翳した途端、船中から岸辺に飛んだ一人が権造の脳天を断ち割るように無言のままに斬りつけたので。それを見たそれがし、恥ずかしながら恐怖心に錯乱致し逃げ出したところを、赤目どのに助けられたというわけにございます」

「それがしが倒した浪人者が権造親分を斬った相手か」

「いかにもさようです」

「権造が探り出してきた話は当たっておると思うか」

小籐次は今や薄暗い天気の湖に紛れこもうとする船影を確かめた。

「船中には四、五人が乗り込んでおりましたが、なんとも確かめる暇もない出来事でした。ですが、権造の言葉に素早く応じた連中の行動といい、頭分の落ち着きぶりといい、いかにも金座押し込み一味と思えました」

「船に千両箱は積んであったかどうか、確かめられたか」

それも、と園田が首を横に振った。

「ですが、羽織を着た頭が腰を下ろしていた筵の下に千両箱が積んであってもおかしくはございません」

と園田が答え、

「赤目どの、それがしが近くの百姓家に走り、権造を宿場に運ぶ手伝いを連れてくるまで、この場でお待ち下さらぬか」

と願った。

「それがしにも連れがおる。あちらでも心配しておろう。どうだ、二人で権造親分を道端まで運んでいかぬか」

と小籐次が提案すると、園田が頷き、急いで足の方を抱えた。額を断ち割られた権造の顔を見る勇気が園田にはなかったのだ。

そんな後始末のために、昌右衛門の一行も水戸街道で半刻以上も足止めを食うことになった。

「赤目どの、勘定奉行道中方の古内左膳様にございます」

と言いながら、昌右衛門が陣笠を小脇に抱えた壮年の武家を囲炉裏端に連れてきた。

小籐次は三杯目の木杯を囲炉裏の縁に置いた。

「赤目どの、本日はご助勢真に有難く存ずる、感謝の言葉もござらぬ」

と丁重な挨拶だった。続けて、

「手代の園田まで斬り殺されては、二人がなぜあのような探索をなしたか、また一味の行動も不明のままに終わったことにござろう。園田にはなぜ上役の許しも得ず二人だけで動いたと、きつく叱り置いたところです」

「土地の御用聞きどのが殺されたのは不憫であった。だが、園田どのが不確かな話を確かめようとした判断は間違いとも言いきれまい。お叱りあるな、それがしからもお頼み申す」

「真にさようにございますな。さて、赤目どの、権造が死んだ今、園田と貴殿の二人だけが一味を見た証人にござる。船の連中を金座の後藤家に押し入った一味と思われるかな」

　これが古内の訪問の理由だった。

「それがしが岸辺に駆け付けたとき、船はすでに悪天候と変じた暗い湖面に出ておった。なんとも判断のしようがないが、権造の誰何に即座に応じた非情の行動といい、それがしが相手した者の腕前といい、一味であったとしてもおかしくはござるまい。あやつ、懐になんぞ持ってはおりませなんだか」

　小籐次が反対に古内に聞いた。

　古内がしばし思案するように黙り込み、

「この場の者だけの秘密にして頂けるか。ただいま江戸に早馬を走らせている最中、この数日は内緒にしておきとうござる」

「ご安心あれ。われら一行水戸に行く身、当分江戸には戻りませぬ」

　小籐次の返答に首肯した古内が、

「懐の財布に小判を数枚持っておりましたが、それが鋳造中の小判でしてな、このような小判は市中に流通する筈もなし。おそらく頭に内緒で押し込みの最中にちょろまかした作業途中の小判ではござるまいか」

「なるほど、それほどたしかな証しもございませんぞ、古内様」

と昌右衛門が言い出し、

「われらも、初めて金座に押し入った連中の確かな足取りを掴んだと思うております」

と古内も答えていた。

「となると、権造の聞き込んだ話は確かであったということだ。親分は命を賭してそれをそなた方に伝えたことになる」

小籐次の言葉に古内が重々しく頷いた。

囲炉裏端が一瞬沈黙に落ちた。小籐次らにとってよい印象を残したとは言いきれぬ御用聞きであったが、探索の腕は確かで勇敢であったことも確かだった。それが命を落とす結果になった。

「古内様、なんでも金座に押し入った一味の頭分は不始末ありて直参を解かれたお武家らしいと道中で噂に聞きましたが、真にございますか」

「久慈屋、これも極秘のことじゃ。だが、そなたらはこたびの一件の功労の者ゆえ教えておく」

「私どもの胸に仕舞っておきますで、ご安心下さい」

「直参旗本三百七十石早乙女吉之助綱信、早乙女家は勘定奉行金座方を長らく世襲してきた譜代の武家じゃそうな」

「そのような立派な履歴の旗本が、なぜお家断絶の不始末を起こされました」

「それがわれらにもよう伝わってこぬのだ。ただ一つはっきりとしておることがある。早乙女吉之助は剣術狂いと申してよい仁でな。剣はもとより棒術、槍術、居合に小太刀、さらには鎖鎌から柔術まで武芸百般の猛者(もさ)ということだ。早乙女の周りには同好の士が雲集していたというで、その仲間を使っての押し込みであろう」

「早乙女家の所領は水戸街道筋にございますか」

「利根川筋と聞いておる」

と古内は曖昧(あいまい)に昌右衛門の問いに応じて、

「ともあれ、なんぞ思い出したことあらばなんでもよい。ご当地の番所にお知らせ頂きたい」

と最後に願い、立ち上がった。

昌右衛門の一行が湯に入り、夕餉を終えたとき、四つの刻限を大きく回っていた。急いで床に入ると、だれもが直ぐに眠りに就いた。そのせいで翌朝は七つ発ちが叶わず、一刻遅れての出立となった。

稲吉宿から次の府中まで一里三十町（およそ七キロ）、府中から水戸街道を外れて笠間へと一行は向った。

「昌右衛門どの、なんとも日数のかかる道中になりましたな」

「のんびりとした旅の筈が、泉蔵の一件と御金座破りの連中との遭遇でなんとも慌ただしいことで」

水戸街道を外れた一行はまず岩間を目指した。

「まあ、かような旅があっても宜しゅうございましょう。今晩は笠間泊まり、明日には厭(いや)でも水戸の御城下に到着ですぞ。ちょいと気にかかるのは、水戸家で私どもの到着が遅いというのでやきもきしておられるのではないかということです」

「昌右衛門どの、泉蔵の一件が残っておるでなんとも申せぬが、二手に分れる手もござろう。それがしが水戸に残り、昌右衛門どの方が久慈の細貝家に忠左衛門どのを訪ねる」

「水戸家では首を長くして赤目様の到着をお待ちゆえ、そのような手筈で動くことも考えられましょうな」

脇街道に入ったせいで、辺りの景色はさらに鄙(ひな)びて往来する旅の人も数が減った。そして、どこからともなく梅の香りが漂って水戸に近づいたことを教えてくれた。

おやえの肉刺も治ったとみえ、足取りもしっかりとしていた。そのせいで岩間宿まで足を延ばすことができた。

岩間宿の辻に、

「名物ひたちうどん」

の幟(のぼり)を見つけた一行は、馬方らが立ち寄るような小体(こてい)な店に入った。

「やはり酒は飲まれませぬかな」

「昨晩たっぷりと頂きましたでな。昼は遠慮申します」

と小籐次は昌右衛門の勧めを断り、こしの強いうどんを一口賞味すると、

「これはよい」

と駿太郎に短くちぎったうどんを口に含ませてみた。すると、

「あうあう」

と言いながら何本でも啜(すす)り込んだ。

「駿太郎ちゃん、歯が生えてくるんじゃないかしら」

「お嬢さん、きっとそうですよ。なんとなく歯茎を気にしていますよ」

とおやえの言葉に国三も応じた。

「大人の食べ物が食べられるようになると随分助かるがのう」

駿太郎はうどんを食し、重湯はほとんど口にしなかった。

「赤目様、それよりさ、おむつの替えが残り少なくなりましたよ」

と国三がそのことを案じた。

「若い国三さんにおむつのことまで心配させてなんとも相すまぬことだな。今晩の宿に泊まったら、まず汚れたおむつを洗濯致そうかな」

「笠間の宿はうちの知り合いですよ。女衆に洗濯を頼みますので、そのようなことはなさらぬともようございます」

「いや、昌右衛門どの、これはそれがしが駿太郎をわが手で育てようと考えた折からの決めごとでしてな。洗濯なんぞは大したことではござらぬ」

「そうですか。そうでもございましょうが、今や赤目小籐次様は天下一の剣術家にございますからな」

と昌右衛門が言ったものだ。

昼餉を食した一行は、岩間から結城街道の宿場町の笠間を目指すことになった。

もはや一里半と距離もない。

畑地をいく野道が緩やかな起伏の坂へとかかり、こたびの道中に付きものとなった春雷がごろごろと鳴り出した。

「あれ、お嬢さん、雷に驚かなくなりましたね」

「国三、こう毎日ごろごろと鳴られたんでは馴染みになってしまったわ」

とおやえが杖を雷の鳴る空に高々と振り上げたとき、前方に待ち受ける人影があった。

泉蔵と三人の浪人剣客だ。六尺五寸ほどの赤柄の十文字槍を持参した小野塚某、飯倉某、それに三人目の浪人菊池某だった。

「泉蔵、そなたが久慈屋の金子を盗み食いしてきたのは、だいぶ前からの話のようですね。江戸の大番頭さんから、あちらこちらの得意先から集金した金を未だ払いがないかのように装い、泉蔵が不正に流用した額は四百二十余両を数えると知らせてきました。見事な腕前ですな」

「旦那、もうしみったれたお店奉公なんて飽き飽きしましたよ。久慈に運ぶ金子、こちらに頂戴しましょうかな」

と泉蔵が厚かましくも言い出した。

「私どもが笠間に立ち寄ると睨んで、このような人影もない街道に待ち伏せしたのはなかなか鋭い勘にございます。だが、泉蔵、こたびの道中、路銀しか持ち合わせておりませぬ。また、その路銀とて盗人に追い銭をする久慈屋昌右衛門ではございません」

と昌右衛門が言い切り、泉蔵が長脇差を抜くと、

「飯倉様方、毒食らわば皿まで、昌右衛門が身に付けた金子を奪って早々に立ち去りますぞ」

と一端の悪党面で命じた。

そんな騒ぎを聞き付けて畑作地に百姓の夫婦が姿を現し、言葉もなく成行きを見ていた。

「任せておけ」

赤柄の槍を抱えた小野塚唯常がするすると間合いを詰め、十文字槍の鞘を外して路傍に投げ捨てた。その左右に頭分の飯倉伝中と菊池某が剣を揃えて迫った。

「昌右衛門どの、いずれは決着をつけねばならぬ泉蔵にございます。この場でまずは三人の悪党どもに引導を渡しますが、よろしいな」

「ご勝手に」

と昌右衛門が険しい声で即答した。

小籐次も次直を抜きながら二歩三歩と前進した。そのせいで小野塚との間合いが二間に縮まった。

「そなたら、この世の見納め、雷様の空鳴りするこの景色をとくと見ておけ」

「ぬかせ。小野塚流十文字槍にて田楽刺しぞ、赤目小籐次」

「参れ」

小籐次の言葉に、十文字槍の穂先がぴたりと小籐次の胸に狙いを付けられ、左右の二人が剣を八双と逆八双に構えて息の合ったところを見せた。

小籐次は次直を右手に流し、小野塚の動きを読んだ。

小野塚の口から息が吸われ、止められた。その直後、

「ええいっ」

という気合とともに十文字槍が突き出され、それを小籐次の次直が払った。

小野塚はそのことを見越したように槍を突きから払いに変えた。下段に移した十文字槍が小籐次の足元を刈り込むように踏み込んできた。

その瞬間、腰を沈めた小籐次が虚空に高々と舞い上がり、右手一本の次直を小野塚の頭上から額に叩き付けた。

げえっ！
と絶叫した小野塚の崩れる体を越えて路傍に着地した小籐次は、
くるり
と向きを変え、飯倉伝中に襲いかかり、その直後に反対に飛んで菊池の首筋を
刎(は)ね斬っていた。
止まるところを知らぬ一瞬の連続技だ。まるで激流が岩場に当たって砕けたように、激しくも予想外の動きだった。
小籐次が呆然と立ち尽くす泉蔵に次直を向けた。
「あうっ」
と叫んだ泉蔵が、長脇差を構えて小籐次に突っ込んできた。
次直が再び一閃して、泉蔵の喉元から、
ぱあっ
と血飛沫が上がった。
「呆れた爺様侍でねえか」
畑から戦いを見物する百姓の口から、この言葉が洩れた。

二

その夕暮れ前、笠間稲荷の社殿を訪れた一行は久慈屋が江戸から持参した長包丁のお祓いを受けた。

神前でこの長包丁を久慈屋の商いを初心に返らせるための御道具とすることを、昌右衛門も次の後継者浩介も胸に誓い合った。

さて、結城街道に面する笠間は古くからの宿場町であり、かつ城下町だ。

元和八年（一六二二）、真壁から入封した浅野長重により城下が形成され、子の長直によりさらに発展させられた。

この浅野家、元禄期に江戸城松の廊下で刃傷沙汰を引き起こす内匠頭長矩（たくみのかみながのり）の先祖にあたる。

江戸期に入ると三大稲荷の一つとして、笠間稲荷信仰の門前町として、さらに賑わいを見せてきた。

小籐次が斃（たお）した泉蔵ら四人の始末は、笠間領内の騒ぎであり、牧野家の村役人の手でなされることになった。騒ぎを畑作地から見ていた百姓夫婦の口添えもあり、かつ、この界隈では江戸の紙問屋久慈屋の名は知れ渡っていた。なにより藩主にして幕府の奏者番を務める牧野越中守貞幹(さだもと)の江戸屋敷に昌右衛門が出入りを許されていたこともあって、

「三番番頭泉蔵が店の金子の流用を知られ、旅に出た主の昌右衛門を殺して路銀を奪おうと企てた事件」

として迅速に処理されることになった。そのために、笠間に夕暮れ前に到着することができたのだ。

長包丁のお祓いを済ませた一行が笠間稲荷の門前町に出たとき、昌右衛門が小籐次に、

「赤目様、結局、そなた様の手を煩わせることになりましたな」

とすまなそうに言ったものだ。

「昌右衛門どの、すべては泉蔵の考え違いから発したものでござる。江戸に残った不平不満派には大番頭どのが心得違いを諭されよう。だが、泉蔵はすでに四百二十余両もの大金を使い込んでおる。江戸に送ったところで、その行く末は知れておる」

江戸で町奉行所の裁きを受けることになれば、お店の金子流用、主殺しの企て、

路銀強奪などを主導した泉蔵が獄門台に送られることは必定であり、久慈屋の奉公人監督不行き届きが世間に知れることになる。

「いかにもさようです。それにしても赤目様に嫌な思いをさせました。いくら泉蔵が極悪人であったとしても、久慈屋に長年奉公したことに変わりはございません。われらだけで密やかに供養をしましょうかな」

と昌右衛門がしんみりと言った。

「今頃、三途の川でおのれの犯した行状を悔いておることであろう。だが、昌右衛門どの、これで後顧の憂いは取り除かれた」

「はい。赤目様のお陰で久慈屋内がぴりりと締まり、浩介が後継となっても小揺るぎもなく盤石としたものになりましょう」

昌右衛門の言葉を、浩介とおやえがしみじみと聞いていた。

その夜、笠間城下の老舗旅籠井筒屋に一行は投宿することになった。江戸から一夜厄介になるとの知らせが届いていたこともあり、

「久慈屋の旦那様、お待ちしておりましたよ」

と番頭を始め、女衆、男衆が大勢で出迎え、

「世話になりますよ」

と昌右衛門が鷹揚に返事をすると、

「井筒屋の番頭さんや、ちと二つばかり格別に頼みがございます」

「なんなりとお申し付け下さい」

「赤子を抱えての道中です。貰い乳ができますまいか」

昌右衛門が駿太郎のことを案じてくれた。

「そんなことにございますか。至って簡単にございますよ」

と応じた番頭が、

「ほれ、女衆、久慈屋の小僧さんから赤子を受け取り、まずは湯浴みをさせてな、この界隈ではたっぷりと乳が出ると評判のおきよどんの乳を存分に飲ませてやりなされ」

と命じると、国三が、

「番頭さん、私も一緒に駿ちゃんの世話を致します」

と即座に女衆に従う様子を見せた。

「国三さん、相すまぬな。本来なれば、わしが養父親(てておや)、わしがやらねばならぬ仕事じゃ」

「赤目様は十分に働かれておられます。それに駿ちゃんの世話は私の役目です」

と国三がきっぱりと言い、

「お願い申します」

と駿太郎を抱き取ろうとした女衆に頭を下げた。

「久慈屋の旦那様、今ひとつの注文とはなんでございますか」

「井筒屋さん自慢の上酒を四斗樽で座敷に据えて頂けませぬかな」

「えっ、樽を座敷に運び込めと申されますか。なんぞめでたきことでもございますかな」

「めでたきことはございませぬが、ちと供養したきことがありましてな」

「へえ、承りました」

と番頭が首を訝しげに捻りながらも請け合った。

二階座敷に通された一行はまず男衆が客用の湯殿で、おやえは井筒屋の内湯を借りて旅塵を洗い清めることになった。

檜(ひのき)の湯船が据え付けられた大きな湯殿の洗い場で、浩介が小籐次に、

「赤目様、背中を洗わせてください」

と言い出した。

「浩介どの、そなたはゆくゆく久慈屋の主になる御仁だ。浪人者の背中など洗わ

せられるものか。もしその気があれば昌右衛門どのの背を洗われよ」

と遠慮すると、

「いえ、赤目様が本日なされた行いは、むろん久慈屋のためにもございましょう。が、なにより力不足の私を思うてのこと、お礼の言葉もございません。どうかお背中なりと洗わせて下さい」

「よう言うた、浩介。赤目様の背を丁寧に洗いながらな、泉蔵の行状と死の意味を胸に刻み付けて下されよ。主も奉公人も気を抜けば泉蔵と同じ道を辿ることになります。そなたが久慈屋の主になったとき、本日のことはよい教訓にせねばなりませんぞ」

昌右衛門の言葉に、

「はい」

と答えた浩介が、

「ささっ、赤目様」

と手桶の湯の加減を調整し、小籐次の背に何杯もかけ流し、糠袋(ぬかぶくろ)を使って丁寧に擦り上げてくれた。

「極楽極楽」

と思わず呟いた小籐次は、

「三両一人扶持の厩番が藩籍を抜けて、かような極楽気分を味わえるとは世の中捨てたものではございませんな」

と嘆息した。その様子を昌右衛門が湯船に浸かりながら満足げに見ていた。

「明日は昼前にも水戸に入れます。まずは久坂様のお屋敷に挨拶に出ましょうか。さすれば、御作事方にも直ぐに連絡がいきましょうからな」

と昌右衛門が言い出したとき、国三が、

「旦那様、駿ちゃんは今おっぱいをもらってます。旅籠の番頭さんが一緒に湯に入れというのですが宜しいですか」

と顔を覗かせた。

「国三、ご苦労でした。ささっ、入りなされ」

と昌右衛門が許しを与えると、国三がすでに裸になっていたらしく、いきなり湯殿に入ってきた。

「小僧さん、旅に出て目配りがしっかりとしてきなさったが、なかなか抜け目もなくなってきたようだ」

と昌右衛門が湯の中で呟いたものだ。それを素知らぬふりの国三が、

「赤目様、駿ちゃんと一緒ですね」

「浩介どのに湯浴みをさせてもらっているようであろう」

「違いますよ。とろんとして半分眠っておいでです」

「いかにもさよう、最前から羽化登仙の気分を味おうておる。じゃが、浩介どの、もう十分じゃぞ。そなたも湯に入られよ」

小籐次の言葉に、浩介が糠袋で擦り上げた背に湯をかけてくれた。

座敷に戻ると、すでにおやえが湯上がりの顔を見せていた。次の間には膳が並び、七輪に土鍋がかかって湯気を上げていた。

「土鍋仕立ての料理とはなんでござろうな」

小籐次がくんくんと鼻を動かした。

「赤目様、この界隈の名物は冬の鴨にございますよ。だが、季節は春、まだ鴨肉が残っていたかどうか」

という昌右衛門の言葉に、四斗樽を運び込む男衆を先導してきた番頭が、

「久慈屋様、氷室に寝かせていた鴨肉でございますよ。鴨肉は新鮮なうちより少し寝かせたくらいが脂ののりがよくて美味いと申される方もございますよ。江戸

から参られる久慈屋さんになんとしても賞味して頂きたいと思いまして用意致しました」

「それは造作をかけました」

「四斗樽は鏡をすでに抜いてございますが、いかが致しますか」

「あちらの座敷に」

「ならば旦那様方も」

という番頭の言葉に全員が席に着いた。

「井筒屋さん自慢の大杯は何升入りですかな」

昌右衛門が聞いた。

「大杯がお要りようで。そうですな、三段重ねの朱塗りの大きなものは確か三升は入ろうかと思いましたがな」

「その三段重ねを所望致しましょう」

「久慈屋の旦那様がそれほどの大酒飲みとは知りませんでした。あるいは、なんぞ祭祀(まつり)を執り行われますので」

「まあ楽しみに」

直ぐに三段重ねの大杯が運び込まれた。番頭は一同で回し飲みでもするのかと考えていた。

「赤目様、大中小の器がございますが、どれを使われますな」

「明日は水戸にございますれば、ほどほどにしたほうがよかろうかと」

小籐次は小の酒器を指した。

「久慈屋の旦那様、最前から赤目様とお呼びのこのお侍、もしやお一人で御酒を召し上がられるので」

「われらも相伴しますがな、それはほんのちょっぴりです」

一升はたっぷり入りそうな酒器に酒がなみなみと満たされた。

「赤目様、本日はご苦労にございました」

昌右衛門の手にも猪口(ちょこ)があった。

「頂戴致します」

一同は心の中で泉蔵の無事往生を祈りつつ酒器を手にしていた。

男衆の差し出した一段目の大杯を両手に奉じた小籐次は、酒の香りを鼻腔で存分に堪能した。それから口で迎えに行き、朱塗りの縁に付けると厳かにも傾け始めた。

ごくりごくり

と喉の鳴る音が座敷に響いた。

「おやまあ、なんということが」

「まるで水のように酒が喉に落ちていきますよ」

と井筒屋の番頭やら女衆が驚きの声を思わず洩らした。

小籐次は湯上がりで味わう酒を楽しみながら飲み干した。

「ふうっ、甘露にござった」

「久慈屋の旦那様、このお方は酒呑童子（しゅてんどうじ）の生まれ変わりにございますか」

女衆が思わず聞いた。

「井筒屋の方々、大名四家を向こうに回し、参勤下番（かばん）の行列の御鑓を切り落として見事に主の恥辱を雪（そそ）いだ赤目小籐次様の名を聞いたことはございませぬかな」

「久慈屋様、もしやこのお方が酔いどれ小籐次様」

「いかにもさようです」

と鷹揚に応じた昌右衛門が嬉しそうに手の猪口の酒を口に含んだ。

「だれか、うちの旦那をお呼びしなされ」

と命じた番頭が、

「酔いどれ様の到来とあっては、いかにも四斗樽が要りましたな」

中の大杯に新たな酒が注がれた。そこへ井筒屋の主人の佐五郎が駆けつけてきて、

「久慈屋様、お久しぶりにございます。本日はどえらいお方を伴われたそうで。私も眼福を賜りたいものでございますよ」

と叫び、小籐次の傍らに腰を下ろした。

「頂戴致す」

再び二升入りの大杯を抱えた小籐次が思わず舌舐めずりをして、

「これは酒の精に失礼な」

と悔いの言葉を吐きながら口を付けた。

座敷に二度目の静寂が訪れた。

そんな中、悠然と大杯が傾けられ、小籐次の喉が静かに鳴り、大杯の傾きが段々と上がり、小籐次の飲みっぷりを見物する人々の前からその顔が消えた。大杯に顔が隠れたせいだ。最後に大杯が前後に動いて、

ふわり

と下げられた。

満座の人々が大杯の底を見た。わずかに酒の滴が内底を濡らしているだけだ。

「なんと途方もない。番頭さん、一升を飲み干されたあとに二升入りの酒を堪能なされたか」

「旦那様、小から中、三升の酒がまるで何事もないようにあのお方の胃の腑に収まりましたよ」

井筒屋の主従が言い合い、

「赤目様、酒の摘みはなんぞ要りませぬか」

と昌右衛門が聞いた。

小籐次は鴨鍋が煮える傍らの膳をちらりと見て、

「山牛蒡(やまごぼう)の漬物がござるが、一つ頂戴致す」

と箸で摘み、ぼりぼりと嚙んだ。

「酒の香と山牛蒡の味わいがなんともいえぬわ」

と呟いた。そして、三段重ねの最後の大杯に酒を注いだものかどうかと小籐次の合図を待つ男衆に、小籐次の視線が巡らされた。

「最後の一段、頂戴致す」

と悠然と所望した。

どうっ

という歓声とも嘆声ともつかぬざわめきが座敷に起こった。

「都合三升を飲まれ、今また新たに三升を。これは人間業ではございませぬぞ、久慈屋さん」

「井筒屋さん、こたびの道中いろいろな騒動に巻き込まれましてな。笠間で五晩を迎えますが、赤目様が飲まれた酒はこれまで一斗近くを数えておりましょう。それでも赤目様はご遠慮なされたうえでの量にございました」

「途方もない。そのようなことがありましょうか」

三升入りの大杯は男衆が介添えし、小籐次が手を添えた。

「世の中の至福とはおよそ夢まぼろしと思うたが、赤目小籐次が頂戴致す酒はまぎれもなき生命(いのち)の水じゃぞ」

自らに納得させるように小籐次が言い聞かせると、両手に力が掛かった。

大杯が傾いた。

喉が三度鳴った。

緊張とも思える静寂が座敷を包み、少しずつ朱塗りの底が見物の人々の目に見えてきて、ついには垂直に立てられた。

ふうっ

という息とともに大杯が下ろされた。

現れた小籐次の顔には満面の笑みが漂い、仙人のように邪気のない表情を見せていた。

「ろ、六升……」

佐五郎が驚きの声で呟き、その後、絶句した。

「甘露にござった。さて、昌右衛門どの、お待たせ致しましたな。名物の鴨鍋を頂戴しとうござる」

小籐次の言葉に女衆が、

「忘れてましたよ！」

と叫んだものだ。

賑やかな夕餉が終わり、小籐次が次の間を見ると、いつの間に連れてこられたか、駿太郎がこちらも満足げな顔で眠っていた。

国三が大徳利と白磁の丼を提げてきた。

「国三さん、明日のこともある。寝酒は要らぬ」

「違いますよ。井筒屋の旦那様が赤目様は水を飲まれたほうがいいって申されたんですよ」

「それはご親切な。折角じゃによって頂戴しようか」

小籐次は大徳利の水をすべて飲み干した。

「赤目様、帳場で聞いたんですが、御金座破りの一味が結城街道へと潜入したって話ですよ」

「なにっ、霞ヶ浦で見た連中がこちらに参ったか」

「どうやら江戸を海路組と陸路組に分れて逃走したそうで、霞ヶ浦で落ち合えなかったので、この界隈で落ち合うそうです」

「風聞風説ほどあてにならぬものはない」

「私は思うんだけど、霞ヶ浦で赤目様に邪魔をされたでしょ、だから、押し込み一味は赤目様を恨んでいると思いますよ」

「そんなことはあるまい」

「だって、仲間だって赤目様に斬られたんですからね」

と国三の言葉がどこか遠くへと消えていき、ごろり、と駿太郎の傍らの寝床に転がり込んだ。

三

翌日の昼前、久慈屋昌右衛門一行六人は、水戸城下に到着した。

領内に入ると国境は険しい緊張があって、さらに城下の各御門にはいつも以上の警護が厳しく敷かれていた。だが、久慈屋の名は水戸でも知れ渡っており、御作事場から赤目小籐次が招かれていることも知らされていたから、何事もなく通過することができた。

大手門前で昌右衛門と小籐次の二人、浩介、おやえ、国三と駿太郎の四人の二組に分れることになった。

浩介らは城下本一丁目の旅籠水府屋に向い、昌右衛門と小籐次は水戸到着の挨拶に久坂華栄家に出向くためだ。

大手門内の久坂家の門前に立って昌右衛門が門番に訪いを告げると、門番が、

「皆様、首を長くしてお待ちでしたぞ」

と言い残すと、玄関先へと走っていった。

久坂家は前之寄合という重職の地位にあり、家禄は二千五百三十石だ。

この家の鞠姫と小姓頭の嫡男太田静太郎が許嫁の間柄を確固とした背景には、小籐次の働きがいささか関わっていた。

ともあれ、久坂家に挨拶をなせば、水府の主だった屋敷や役所には久慈屋昌右衛門と赤目小籐次一行が到着したことが知らされると承知しての訪問だった。

「おお、久慈屋、赤目どの」

と式台に少し腰の曲がった久坂家用人津村玄五郎老人が立ち、叫んだ。

「津村様、道中にいささか難儀がございましてな。遅れました」

昌右衛門の言い訳に、

「水戸街道筋は、江戸の御金座破りの一味潜入との報に警護も厳しいゆえ、そなたらも難儀しておるのであろうと水戸では話しておったところだ。そこでな、太田静太郎様方が、こちらから迎えに出ようという話もないではなかったが、重臣方が名にしおう赤目小籐次どのが同行されているゆえ、間違いはなかろうと水戸家の家臣の迎えは中止になり申した」

と津村老人が応じた。

「それは気遣いをかけましたな」

「久慈屋、赤目どの、屋敷にお招きしたいがな、この足で御作事場に参られませぬか。数日前からすでに領内から集まった連中に御作事方の面々が指導を行っておられる。主だった家臣方は御作事場に顔を揃えておられるはずだ」

「なんと、すでにほの明かり久慈行灯作りが始まっておりましたか。重ね重ね水戸入りが遅れたことをお詫び致さねばなりませぬな」

津村老人に案内された二人は即刻、御作事場に向った。すると、広い御作事場の板の間に六、七十人が黙々と竹を曲げ、西ノ内和紙を貼り、ほの明かり久慈行灯の製作に余念がなかった。

今や領内で産する竹、板、紙で作られる行灯は、水戸家が江戸で売り出す物産の主力になりつつあった。

水にも火にも強い西ノ内和紙と独特の創意の小型行灯は油の減りも少なく、なにより灯りが柔らかくて心が和むという評判が立っていた。

こたびの小籐次の水戸入りは、新たな意匠のほの明かり久慈行灯を創り出し、それを水戸家の御作事方や領内から集まった作り手に伝えることにあった。

「佐野様、赤目どのが江戸より到着なされましたぞ」

の声に、御作事場の大勢の人々の好奇の視線が向けられ、

「おお、赤目先生、よう参られた」

「お待ちしておりましたぞ」

の声が方々から上がった。

小籐次もこれまで二度の水戸入りで御作事方の多くと知り合い、入魂の付き合いがすでにあった。だから、小籐次もどの顔を見ても、

「懐かしい」

という感慨が先に立った。

御作事奉行近藤義左衛門支配下の佐野啓三、小納戸紙方春村安紀、作田重兵衛らが立ち上がり、二人を縁側まで迎えた。

昌右衛門は御作事場に本家細貝家の職人頭角次の姿を認め、

「角次、忠左衛門どのは久慈か」

と声を掛けていた。

「へえ、昌右衛門様到着次第で、また水戸に出向いてこられます」

その傍らでは佐野が、

「赤目先生、よう水戸へ参られました」

と御作事方一同を代表して迎えの言葉を述べた。

「佐野どの、遅くなって相すまぬ」

小籐次は挨拶もそこそこに草鞋の紐を解くと、御作事場の板の間に上がり、領内から集められた男たちの作る行灯のでき具合を見て回った。

大半が百姓仕事の片手間に行灯作りに励み、収入の足しにしようという面々だ。竹や紙を扱う職人はわずかしかいなかった。それだけに器用な者と不器用な者、丁寧な仕事と雑な仕事の差が作る行灯に如実に見えた。

「ほの明かり久慈行灯は、斉脩様が率先してわが領内の物産にござる、と宣伝これ努められる品、粗雑に作ってはなりませぬぞ。よいな、江戸で売り出す以上、どなたが作っても同じ質の造りであり、灯り具合でなくてはなりませぬ。ほれ、このように竹の端の削りが雑ゆえ、全体のかたちが歪んでおろうが」

と一人の男の作る行灯に小籐次自ら小刀を使い、手直しをした。すると、それまで歪に見えていた行灯が安定のよいものに変わった。

小籐次は、たった今水戸に到着した身のことも、水戸城中の御作事場にいることさえも忘れ、指導に熱中した。また習う側の者たちも小籐次の巧みな刃物さばきと竹、紙の扱いに感嘆して、その動きを見習おうとした。

「国家老様のお出ましじゃぞ」

ふいに御作事場に、

さあっ
と緊張が走った。

御作事方の佐野らが板の間に両膝を折って正座し、領内から行灯作りに参加した者たちは床に額を擦りつけて平伏した。

小籐次は手直しの最中の行灯を膝から下ろすと振り向いた。そこに御三家でただひとつ定府が習わしの水戸を掌握する国家老太田左門忠篤が太田静太郎ら若侍を従え、悠然と姿を見せたところだった。

「これはこれは、太田様」

と未だ庭に立っていた昌右衛門が慌てて腰を屈めて挨拶しようとすると、前をさっさと通り過ぎ、

「赤目小籐次、ようよう参ったな」

と板の間に平伏する小籐次に声をかけた。

「ご家老、水戸へのお招き、真に有難き幸せにございます」

「その方、本心からそう思うておるか。迷惑なことよと水戸来府を先延ばしにしてきたのではないか」

と御作事場下から皮肉な調子で笑いかけると、小籐次を手招きした。

小籐次が腰を屈めて縁側に出た。

家臣らに陰で昼行灯と呼ばれる老人が顔を寄せ、手にしていた白扇を半開きにして、

「赤目、先の常陸在郷派との騒ぎの折は一方ならぬ世話をかけた。そなた、その折、この左門になんの礼もさせることなく水戸を立ち去ったのう。赤目小籐次の尽力で幕府の密偵間宮林蔵も江戸に戻っても水戸のことはさらりと流してくれたらしく、斉脩様にもなんのお叱りの言葉もなかったそうな」

と囁いた。

「ご家老、なんのことをお話しか、赤目小籐次にはさっぱりと分りませぬ」

「おのれ、酔っ払い狸めが。よいか、こたびの水府逗留中に必ずやわが屋敷に酒を飲みに参れよ」

「勿体なきお言葉にございます」

太田左門が首肯し、さらに普通の声に変えて続けた。

「赤目、幕府の御金座に押し込みが入った騒ぎを承知か」

「水戸街道に厳しい警戒が敷かれておりますれば、承知しております」

「密偵どもも町奉行も道中奉行も水戸に潜入するようなことを申しておる。そな

たがな、水戸滞在中にこのような騒ぎが起こったのだ。その折には赤目、そなたの腕でな、押し込み一統を生け捕りにいたしてくれぬか。この水戸から幕府に差し出せば幕府密偵間宮林蔵の一件は帳消しになるどころか、大きな貸しもできるというもの」

と平然と言った。昼行灯家老の面目躍如だ。

「それがしの水戸入りは御作事場の仕事と考えておりましたがな」

「いやいや、そなたの仕事は行灯作りだけではないぞ」

「ご家老、それがし、水戸家家臣ではございませぬ」

「そのようなことは重々承知じゃあ。そなたが未だ森藩の久留島どのに忠義を尽しておることもな。だが、これは赤目、水戸家の利、森藩の利、そこにおる久慈屋の利、ひいてはそなたの利につながる話じゃぞ」

昼行灯家老が気を引くように言い、

「はあっ」

と小籐次は曖昧に返答するしかなかった。

御三家水戸の国家老は森藩一万二千五百石を凌ぐ禄高のうえ、定府の藩主に代わり、城下領内の全権を掌握する権力者だ。その太田左門は、なにかあれば小籐次の旧主の久留島家を水戸家が応援すると言っていた。

「赤目小籐次、そなたを酔い潰すほどの酒を用意しておるでな。必ず参るのじゃぞ」

と白扇を口元から下げた太田左門が大声で言った。

「はっ」

と再び平伏して畏まる小籐次の前から、
すうっ
と人の気配が消えた。

小籐次が顔を上げると、御作事場の緊張が薄れて、どことなく弛緩した空気が漂っていた。

「赤目様、ようお出でなされました」

と小籐次に笑いかけたのは若侍の太田静太郎だ。

「静太郎どの、お久しゅうござるな。鞠どのもご壮健でござろうな」

「はい。お陰さまで」

「いつ祝言かな」

「久坂、太田の両家で、赤目小籐次様が水戸に滞在中に祝言を催そうと話し合いがされております。赤目様の到着が判明した今、今晩にも日取りが決まりましょう」

「なに、それがしの水戸滞在がそなたらの祝言の日取りを左右致すと申されるか」

「赤目様は鞠どのの命の恩人、さらには水戸の救い神にございますれば、赤目様ご出席かどうかは両家にとって一大事なのです」

と静太郎が笑い、

「大叔父はこの数日、赤目はまだ水戸に姿を見せぬかと何度もそれがしに問い質され、返答に困っておりました」

と説明した。

大叔父と静太郎が呼んだのは国家老太田左門のことだ。左門と静太郎は本家分家の関係であり、血筋でもあった。

「ともあれ、春から縁起のよいことにございますな」

と昌右衛門が話に加わった。

「よいな。久慈屋どのも赤目様とわれらが祝言に出て下されよ」

と静太郎が念を押し、

「赤目様のおついでに私までお招き頂き、恐縮至極にございます」

と昌右衛門が破顔した。

「赤目様、本式なご指導は明日からということで宜しゅうございますか」

佐野啓三が小籐次の許へ伺いにきた。

「作業中に突然口を挟み、邪魔を致しましたな。明朝より出仕致しますで宜しゅうお願い申す」

「こちらこそご指導お願い申す」

ひとまず小籐次の水戸出仕の挨拶が終わった。

御作事場から城下の水府屋に引き上げる昌右衛門と小籐次に、太田静太郎が従った。

「父は本日登城にございますれば、お迎えもできかねました」

「なんの、江戸の浪人者が水戸に呼ばれただけ、お歴々のお迎えもあったものか」

と静太郎の言葉に小籐次が応じると、昌右衛門が、

「太田様、驚きましたな。国家老様自ら御作事場に出向いてこられるとは今も信

じられませぬ」

小籐次の二度目の水戸行きで巻き込まれた水戸家の内紛は、立ち会った小籐次の胸に秘められていたから昌右衛門は知らなかった。それだけに、小籐次来るの知らせに国家老自らが姿を見せ、屋敷に招いたことに驚きを禁じえなかった。

「久慈屋どの、赤目様は水戸家の恩人ですから当然です」

「そこのところが、この昌右衛門にははっきりと致しませぬ」

「昌右衛門どの、知らぬに越したことはない話にございますよ」

「それはそうでございましょうが」

と首を捻る昌右衛門の関心を逸らすために小籐次は話題を変えた。

「静太郎どの、御金座破りが水戸領に潜入するという知らせは、いつ江戸より届きましたな」

「御金座に押し込みが入った翌日には水戸に早馬にて急使が到着し、水戸街道方面へ賊一味が逃走に及んだと知らせてきました。その後、段々と水戸へと接近する気配があるとの探索方の報告もあるようです」

「すでに水戸領内に潜入した見込みですかな」

静太郎はしばし沈思した後、

「赤目様にはご家老が格別に頼まれた経緯もございますゆえ、お話し申します。本未明、那珂川の支流伝いに怪しい船が水戸城下に接近したとか。それで城下の警護が一段と厳しくなりました」

「ほう、そのような知らせがな。ところで静太郎どの、なぜ押し込み一味は水戸街道に姿を見せたと思われますな」

「なんでも押し込み一味の頭領は水戸街道筋に所領地を持つ直参旗本とか。幕府の御金座に直参旗本が押し込むとは世も末にございます」

と静太郎が嘆息した。

どうやら水戸家には幕府から正確な情報が伝えられていないか、静太郎が知らされていないかだと小籐次は推測した。だが、水戸領内に入り込んだ可能性が高い以上、知り得るかぎりの情報を水戸藩に与えて適宜の探索をしたほうがよかろうと小籐次は考えた。

「静太郎どの、賊の頭領は直参旗本ではない、廃絶した家系だ。直参旗本の頃の早乙女家は三百七十石を拝領し、勘定奉行金座方の職務にあったそうな」

「では、赤目様は賊のことをとくと承知なのですね」

頷いた小籐次が、

「一味の首領は、後藤家の親類筋の男を仲間に引き入れて金座に押し込んだのだ。頭領の早乙女吉之助綱信は武芸百般の手練れと申す。また一味も武術仲間と思える」

と説明した。

「なんという輩で」

と応じた静太郎が、

「赤目様、なぜそのようにお詳しいのですか」

と当然の疑問を呈した。

「静太郎どの、われら、すでにその賊一味と関わりがござってな」

と前置きして、御金座に押し入り七千余両を奪い取った早乙女一味が、手引きした後藤越蔵を殺し、押送船で江戸を離れ、陸路、海路と二組に分れて逃走し、霞ヶ浦の土浦外れで落ち合う手筈になっていたらしいことを告げた。

その折、道中方手代園田虎八と御用聞きの権造に待ち受けられ、権造を叩き斬ったところを小籐次が助太刀に入った経緯を語り聞かせた。

「なんと、二日前に霞ヶ浦で赤目様方は賊一味と遭遇しておられましたか」

「奴らがあの場所で陸路組と落ち合うことができなかった以上、第二の落ち合い場所に移動したことが考えられる。それは水戸領内やも知れぬ。ともあれ、早乙女家の所領地は利根川筋とか、この界隈の地理に詳しいことは確かのようだ」

「驚きました」

と静太郎が絶句したとき、三人は水府屋が見えるところまできていた。

「赤目様、この話、藩の御用筋に伝えてようございますか」

「そのために話した。もうひとつだけ付け加えておこう。それがしが相手した浪人剣客もそうであったが、早乙女吉之助はいうに及ばず、一統の腕前なかなかのもののようだ。十分に気を付けられよ」

静太郎が緊張の顔で頷き、言った。

「それがし、お二人をお送りした後、ご免蒙り城に戻ります」

「水府屋なればもはや見える。お見送りは無用でござる」

小籐次の言葉を聞いた静太郎が左手で刀の鍔元(つばもと)を握り締めると、くるりと振り向き駆け出した。

「赤目様、そなた様の身辺には常に風雲が渦巻いておりますな」

「昌右衛門どの、それがしが望んだことではない。もっとも、最初の切っ掛けが御鑓拝借の騒ぎである以上、それがしに関わりがないとは申せまいな」

と小籐次は困惑の表情を見せた。

「赤目様の来し方、久留島家の下屋敷にあったときは四海平穏。ところが、一旦家中から大海に飛び込まれた途端、風雲渦巻く嵐の中にさらされる運命(さだめ)にあったとしか思えませぬ」

二人が水府屋の玄関に立つと、駿太郎の笑い声が通りまで響いてきた。

四

夕餉が済んだ刻限、なんと本家の細貝忠左衛門が提灯持ちの男衆を従え、水府屋に姿を見せた。番頭から久慈屋一行がすでに到着しているとの報を聞いた忠左衛門が、

「うちの庭の稲荷社のお狐様が騒ぐでひょっとしたらと思うたが、やっぱりお告げであったか」

と一人合点して昌右衛門らの座敷に姿を見せた。

「これはこれは、忠左衛門様。ようも私らの水戸入りが分りましたな」

「お狐様のお告げで昼過ぎに久慈を発ってきましたが、やはりお稲荷様はよう物

事を知ってござる」

　と平然と答えたものだ。

「お久しぶりにござる、忠左衛門どの」

　小籐次と挨拶を済ませた本家の主の視線が、おやえとその傍らに緊張して正座する浩介に向けられた。

「浩介さんや、おやえを頼みましたぞ」

　本家の言葉は短くも明瞭だった。

　浩介の緊張が幾分解れ、おやえの顔に笑みが漂った。

「ご本家様に申し上げます。この浩介、おやえ様を後悔させるようなことは決して致しませぬ」

「当然です」

「ですが、今一つのことを思うと、胸が押し潰されそうでございます」

「ゆくゆく久慈屋の主となり、八代目に就くことですな」

「はい」

「そなたはまだ若い。これから昌右衛門さんや大番頭の観右衛門さんがこれまでより厳しい躾をなされよう。それはすべて大所帯の久慈屋とそなたとおやえの先々を思えばこそです。それを真摯に受け止め、これまで以上に愚直に頑張るのですぞ」

「浩介、ご本家の忠言を忘れることなく必死に努めます」

「それでこそ久慈屋の婿です」

と言ったところに、忠左衛門の膳が運ばれてきた。

「赤目様、そなた様と酒を酌み交わそうと思うてきたが、ちと私の水戸入りが遅うございましたな。一緒の酒は明晩の楽しみに致しましょうか」

おやえの酌で忠左衛門が温燗の酒を口に含んだ。

「おおっ、久慈から出てきた甲斐があった。おやえの酌で酒が飲めるのですからな。そのうえ、酔いどれ小籐次様を目の前にしての酒とは堪えられぬ」

「忠左衛門様、酒を召し上がりながら聞いて下され」

と昌右衛門が前置きして三番番頭泉蔵の行状を報告した。忠左衛門は、

「なにっ、あの泉蔵が爺様や親父の顔に泥を塗る真似をしましたか」

とか、

「なんと、お店の金子を四百二十余両も使い込んだですって。昌右衛門さん、使い込んだ泉蔵が一番悪い。だが、それを見逃した昌右衛門さん、そなたらも監督

不行き届きですぞ」

　とか、本家ならではの仮借なき意見で応えながら昌右衛門の報告を聞いていたが、途中からは言葉を失ったように呆然として酒を飲むことも忘れ、膳も横に片づけて真剣に話を聞いた。それだけ久慈屋本家にとっても重大な話と思ったからだ。

　そんな中、昌右衛門は小籐次が始末を付けた経緯まで話し終え、

「ご本家、この一件、いかにも私どもに気持ちの緩みがあったればこそ、この不始末を呼んだ因にございます。忠左衛門様のお叱りごもっとも、新しい婿が決まった今こそ久慈屋の立て直しを図りとうございます。どうぞ、お力をお貸しくだされ」

　と改めて願った。

「よう申された、昌右衛門さん。いやはや、それにしても赤目様が道中におられてよかった。泉蔵という頭の黒い鼠を始末してもろうて、これで後顧の憂いが一つ消えたというものだ」

「いかにもさようです、忠左衛門様。それともう一つ」

　と言うと、

「浩介、あれをご本家にお見せしなされ」

と命じると、浩介が心得顔に江戸から背に負ってきた長包丁の包みを床の間から運んできた。

「忠左衛門様、あなた、この御道具を覚えておられますか」

風呂敷を解きながら昌右衛門が忠左衛門に聞いた。

「なんでありましょうな」

と首を捻る忠左衛門の目に、久慈屋の先祖が江戸に持ち込んだ長包丁が姿を見せた。

「おおっ、懐かしや。三、四十年も前、江戸に出た折に先々代に見せられた覚えがある。昌右衛門さん、これを久慈に戻そうと言われるか」

「いえね、観右衛門がふと思いついて、久慈屋の創業時の初心に返るために赤目様に手入れをお願い致したのですよ」

昌右衛門は両手で捧げたあと、白木の鞘を払った。刃渡り一尺九寸余の豪壮な刃が初代の商いの必死を思い起こさせて、
きらり
と行灯の光に輝いた。

「これは」

さすがの忠左衛門も絶句し、昌右衛門の手から長包丁を受け取ると、じいっと凝視し、

「百何十年も前、ご先祖はこの御道具を担いで江戸に上られたか」

と、しみじみと呟いたものだ。

「笠間でな、お祓いを受けてきました。こたびのように第二の泉蔵が不始末を起こしてもなりませぬ。この御道具を久慈屋の商いの守り本尊にして、一家眷属奉公人一同の心を一つにしていこうと考えた次第です」

「昌右衛門さん、最前の小言忘れて下されや」

と何度も食い入るように刃を見詰めた忠左衛門は、

「赤目様、久慈屋の蔵に眠っていた御道具の魂をようも呼び戻して下さいましたな」

と感謝の言葉を口にし、

「眼福でした」

と昌右衛門に返した。

「お父つぁん、私どもはどうしたらようございますか」

とおやえが言い出したのは、忠左衛門が中断していた遅い夕餉を食し終え、茶を喫していたときだ。

「ご本家自らが水戸に出て参られ、そなたらの祝言を許されたということか」

「はい」

「忠左衛門様が浩介をお認めになったのなら、そなたら二人の久慈行きの意味はなくなったも同然ですな」

と忠左衛門を見ると、ご本家の当主もそれを追認するというように頷いた。

おやえが浩介を振り返った。

「忠左衛門様、旦那様、我儘を許して頂けましょうか」

「なんですな、我儘とは」

浩介が昌右衛門に向い言った。

「旦那様、私だけでもこの御道具を負って久慈に参り、ご先祖のお墓にお参りして長包丁を捧げ、創業の必死の一端を学びとうございます」

ぱちん

と膝を叩いた忠左衛門が言った。

「浩介、よう言うた。私の判断は間違うておりました。そなたがゆくゆく久慈屋の八代目になる以上、本家の私がそなたとおやえを久慈の先祖の墓前に案内し、若い夫婦にお力をとお願い申すのが筋にございました。どうですな、昌右衛門さん」

「いかにもさようです」

と昌右衛門が頷き、

「忠左衛門様には気の毒じゃが、水戸に赤目様をお残しして、われら当初の予定どおり久慈に参りましょう。そしてな、菩提寺の相禅寺の和尚をお呼びして御道具供養と若い二人のことをご報告致しましょうかな」

「それがよい」

と衆議一決した。

「あのう」

と言い出したのは小僧の国三だ。

「私も駿ちゃんと一緒に久慈に参っていいですか」

「国三さん、駿太郎は水戸に残されてもよいぞ」

と即座に小籐次が言った。

「ならば、私も水戸に残ります」

「いや、国三さんや。こういう機会は滅多にあるものではない。久慈屋のご先祖が眠り、今も商いの大本をなす久慈の里を見るよい機会です。そなたもいつまでも小僧ではない。ゆくゆくは手代さん、番頭さんと出世して浩介どのの片腕にならねばならぬ身ですからな」

はい、と大きく頷いた国三が、

「私が駿ちゃんを必ずお守りしますから、赤目様は水戸様のお仕事に精を出されて下さい」

「よう言うた、国三」

と褒めた昌右衛門が、

「赤目様、駿太郎様のことは私どもが面倒をみます。赤目様はほの明かり久慈行灯のご指導に専念なされませぬか」

「それは助かるが」

「そうなされませ」

重ねての昌右衛門の言葉に、

「お願い申す」

と小籐次が白髪頭を下げて明日からの行動が決まった。

本家と分家が床を並べて寝る座敷の隣で、小籐次と駿太郎と国三と浩介の四人が一緒することになった。おやえは一人別座敷だ。

さて行灯の灯りを有明行灯に変えようとしたとき、宿の番頭が、

「赤目様、起きておられますか」

と遠慮がちに声をかけた。

「どうなされた」

「太田静太郎様がお見えになられています」

「お一人か」

「いえ、新番組のお二人と」

「ただ今参る」

小籐次は浴衣を脱ぎ捨て、着なれた道中着に着替えた。その様子を眺めた浩介が、

「お出掛けになると思われますか」

「この刻限の訪問じゃ、そのような気が致す。そなた方は明日のこともあるで休まれよ」

隣座敷との襖が開き、昌右衛門が、

「私も参りましょうか」

「昌右衛門どの、それがしの勘では御金座破りの一件の相談かと思う。皆さんが眠い目をこすって起きておることもございますまい」

小籐次は脇差を腰に手挟(たばさ)み、次直と破れ笠を手に水府屋の玄関に出た。すると、静太郎一人が土間で待ち受けていた。

「赤目様、夜分ご迷惑とは存じましたが、騒ぎが出来(しゅったい)致しましたゆえ、赤目様のお力をお借りしたく参上致しました」

「どこぞへ出かけられるお積もりか」

「那珂川の向こう岸、鹿島香取神社までご同道願えると有難いのですが」

頷いた小籐次は、

「話は道々聞こう」

と水府屋の草履を借り受けて履き、破れ笠を被ると、

「お待たせ申した」

と自ら戸口を跨いで表に出た。すると、そこに提灯を点した羽織の二人がいて、小籐次に頭を下げた。番頭が言った新番組の者だろう。袴の股立ちをとり、武者草鞋で足元を固め、顔には打ちのめされたような疲労の色が漂っていた。

「案内願おうか」

小籐次の言葉に静太郎が首肯し、二人が城前を突っ切るように北に向って先導した。

「赤目様、この二人、新番組の吉田六三郎、種田英次郎にございます」

と紹介すると、二人がまたぺこりと頭を下げた。

「吉田、赤目様にお話し申せ」

提灯を持っていない吉田が、後からくる小籐次に顔を向けて話し出した。

「われら、那珂川流域の警戒にあたっておりましたところ、対岸鹿島香取神社付近の河原で同じく新番組見廻りの同輩が惨殺されておるのを発見致しました。楠木どのが小頭の見廻り組にて六人一組での見廻りです。士分三人小者三人の六人が悉く一太刀か一突きにて絶命しておりました。われらが発見した時、体には未だ温もりが残っておりましたゆえ、おそらく四半刻かせいぜい半刻前の出来事かと思えます。楠木どのは涼天覚清流の免許持ち、新番組の中でも五指に入る手練れにございます」

「そなたら、江戸で御金座に押し入った一味の見廻りに当たっていたのであろうな」

「いかにもさようです」

「楠木どの方を殺した者に心当たりはあるか」

「御金座に押し入った者の仕業かと推測を付けました」

「なぜか」

「楠木どのらの亡骸が放置されていたのは岸辺近くです。その岸辺には船を乗り上げたような跡が残されておりました」

「赤目様」

と静太郎が口を挟んだ。

「ただ今、家中領内に見廻り組を斬り殺す人物に思いあたる者はおりませぬ。となると」

「元勘定奉行金座方の早乙女吉之助の一味か」

「赤目様と一味の数人が土浦で遭遇したことも考え合わせれば、奴らが水戸領内に潜入したとしても不思議ではございますまい」

小籐次は頷いた。

城下を突き切り、那珂川の流れが見える台地に出た。ゆるく下る道を四人は黙々と歩いていった。新番組の種田が持つ提灯の灯りが足下に揺れて、なんとも不安な思いを助長した。

「あの灯りにございます。太田様、赤目様」

と吉田が対岸の灯りを差した。河原で提灯の灯りがちらちらとしていた。吉田らの急報で駆け付けた水戸藩家中の者の翳す灯りだろう。

「こちらへ」

吉田が静太郎と小籐次を、水戸から北に向う街道から河原への踏み固められた道へと先導した。

小籐次は背にぞくぞくとした殺気を感じ取った。だれかが四人の行動を闇から凝視していた。そうとしか思えなかった。

河原に船が舫われて船頭が待ち受けていた。

「吉田様、町奉行佐々様、目付佐々野様、すでにご到着にございます」

「向こう岸へ渡してくれ」

四人が乗り込むと船頭が舫い綱を外し、足で河原を蹴り、流れに船を乗せた。そして、巧みに竿から櫓へ変えて流れを突っ切るように向こう岸へと小籐次らを渡した。

「佐々様、佐々野様、赤目様をお連れ申しました」

「赤目どの、ご足労です」

町奉行の佐々主水(もんど)が江戸からほの明かり久慈行灯の製作指導にきた小籐次を丁重に迎えた。一介の浪人者だが、藩主斉脩のお声がかりの人物だ。粗略には扱えなかった。だが、初めて会う目付の佐々野の顔には、

（このむさい爺侍が酔いどれ小籐次）

と正体を訝しむ表情が漂った。

「傷口を見せてもらおう。よろしいか」

「こちらに」

静太郎と小籐次は岸辺が十数間入り込んだ河原に案内された。そこには筵(むしろ)が被せられた六つの亡骸が並べられていた。

「どなたが見廻り組の小頭、楠木どのかな」

佐々が小者に顎で命じた。すると、一番岸辺に近いところの筵が剝ぎ取られ、提灯の灯りが近付けられた。

楠木は壮年の侍で、いかにも武術の手練れというがっちりとした体付きと面構えをしていた。

小籐次は楠木の骸の前に片膝を突くと合掌して冥福を祈った。両眼を見開き、

灯りが当てられた傷口を確かめた。それは喉下に一カ所の突き傷で、槍傷ではなく刀の突き傷だった。

迷いなき一撃で、いかにも達人が狙い澄ました必殺技を繰り出したという傲慢さが鮮やかに決まった傷口に見えた。

「おのれ」

と呟く小籐次に目付の佐々野が、

「楠木の襟元に木札が差し込まれておりましてな」

と言い出した。

「木札とはなんでござるかな」

「赤目様宛の果たし状とも読み取れる木札にございましてな。そなた様には楠木を一撃の下に斃した者は知り合いにござるか」

「いや、一面識もござらぬ。だが、ちと曰くがなくもない」

「その曰くとは」

小籐次は水戸街道土浦城下外れの霞ヶ浦湖畔で遭遇した事件を語り、

「このこと、太田静太郎どのには告げてござる」

と話を締め括った。

「なんと、そのようなことが」

「木札を見せて頂けるか」

「そなた様宛ゆえ、お断りする理由もない」

町奉行の佐々が短冊のような木片を灯りの下に差し出し、小籐次は受け取った。

「赤目小籐次　恨み晴らさでおくべきや
　覚悟して待たれよ　　　　　　　　早乙女吉之助」

とあった。

小籐次の顔が怒りに紅潮し、手の中の木札がぼきりと二つにへし折られた。

第五章　吉原明かり

一

翌朝、ほの明かり久慈行灯の製作に携わる六十余人は、すでに六つ半には御作事場に顔を揃えていた。このほかに御作事奉行の近藤義左衛門以下、佐野啓三ら御作事方、小納戸紙方の春村安紀らが姿を見せ、これに家中の下士が小籐次の指導を受けんと集まっていたので、総勢百人が静寂の裡に小籐次を待ち受けていた。大半が見知った顔で、新入りは三、四割かと小籐次は胸の中で計算した。

この朝、小籐次は西野内村に向う忠左衛門、昌右衛門一行を城下外れまで見送り、

「赤目様、もはや街道は明るくなっております。それに水戸から西野内への道中

は知り合いばかり、なんぞございましても直ぐに土地の人々が駆け付けてくれますで、ご安心下され」

と忠左衛門が御金座破りの早乙女一味のことを案じる小籐次の不安を吹き飛ばすように言った。そこで城下外れで、

「駿太郎、国三さんに迷惑をかけるのではないぞ」

と言い聞かせて別れようとすると、駿太郎がご機嫌な顔で、

「じいじぃ」

と小籐次のことを呼んだ。

「そなた、わしを爺と承知か。爺ではない、養父(てておや)じゃぞ」

「じいじぃ」

「赤目様、駿ちゃんはまだなにも分ってないんですよ」

と国三が小籐次を慰めるように言い、

「では、行って参ります」

と勇躍、西野内村へと出立していった。

「赤目どの、こたびも宜しゅうご指導願う」

と挨拶する御作事奉行の近藤の傍らには、口髭を生やした見知らぬ武家が寄り添っていた。

「それがし、新しく設けられた物産方に就いたばかりの吉村作兵衛にございます。職掌は、作事で作られたほの明かり久慈行灯を無事江戸へと送り出すことに尽きまする。むろん、江戸屋敷とも密に連携して売り方まで担当致すことになり申す。江戸の顧客の注文がなへんにあるか、それらを一つひとつ吟味して、水戸で作られる行灯を江戸ばかりか諸国に広めよと、国家老太田様から直々のお指図にござった。赤目様、宜しくご指示を願います」

と吉村が武張った挨拶をした。

「こちらこそ」

と短く応じた小籐次は、脇差だけを腰に手挟んで前掛けをした仕事着姿であった。

小籐次はまず御作事場の神棚に作法どおりの拝礼をなし、作業が無事に終了することを祈願した。

全員が注視する中、小籐次は領内から集まった百姓衆や家中下士の面々と向き合った。

「おはようござる」

小籐次の挨拶に、

「おはようございます」

と全員が受けた。

「この御作事場に立つのは二度目にござる。参集の皆さん方には二度目の方、初めての方が入り交ってござるようだ。それがしが昨年指導したほの明かり久慈行灯はどなたも手順は覚えられた、中にはもはや熟練なされた方も見受けられる。江戸でもじわじわと水戸で作られる行灯人気が高まってな、嬉しいの一語に尽きる。じゃが、このようなときこそ丁寧に仕上げることが肝要にござる。不細工な出来、手を抜いた行灯が一つでも出荷されれば、悪評はたちまち江戸じゅうに広がり、売れ行きも落ちよう。ゆえに一人ひとりが雑に作ること、手を抜くことを戒めねばならぬ。よいな」

「承知致しました」

と一同が小籐次の言葉に応じた。

うむ、と首肯した小籐次は、さらに言葉を続けた。

「それがし、このたび水戸に出立する前に吉原を訪ねてござる」

おおっ
と予想外の話に反応した参加者がいた。

「これ、赤目先生のお言葉を謹聴せぬか」

と御作事奉行の近藤から叱声が飛んで、再び御作事場には静寂が戻った。

「吉原を訪ねたと申しても遊びに参ったのではござらぬ。江戸で新奇なものが流行るとき、必ずや吉原か芝居小屋から始まるそうな。役者衆が路考茶を着て舞台に上がったり、遊女衆が京友禅を愛用し始めれば、たちまち旦那衆や娘御の間に広がる。このほの明かり久慈行灯も、吉原の花魁衆が枕行灯として使い始めてくれて評判が立ったそうな」

「ほう、そんなものか」

と一同の間に感嘆の声が洩れた。

「それがしが久慈の西ノ内和紙を江戸でさらに知らしめるために行灯を考案した当初は、そのようなことはさらさら念頭になかった。ただ、西ノ内和紙の『水にも火にも強い紙』をどう利用し、新たな道具をつくるかだけを考えてのことであった。正直なところ、吉原の女郎衆がほの明かり久慈行灯を目に留めてくれようとは夢想だにしなかった。そこでじゃ、実際にほの明かり久慈行灯を使う花魁がなぜ気に入られたか、不満はないか、その考えを聞きに参ったのでござる」

「ああ、そのようなことでしたか」

とか、

「われら、赤目先生がお遊びに参られたかと早とちりしてしもうた。お詫び申します」

と得心の声や詫びの言葉が洩れた。

「吉原なんぞに縁なき衆生、どうしたものかと思案して、まず大門を潜った。すると、運よきことに京町の大見世の花魁清琴どのがそれがしに声をかけてくれてな、仔細を話すと、なんとこの爺侍を座敷まで快く招じてくれた。そこで、実際にそなた方が作られた行灯の一つが使われているところを初めて見せてもろうた」

「赤目先生、そのようなことまで江戸でなされましたか」

と物産方に就いた吉村作兵衛が感心したように言った。

「吉村どの、そなたがこの城下でまずわれらが行灯を広めようと思うならば、色街に通われることだ」

「赤目先生の忠言、肝に銘じます」

と髭の吉村が俄然張り切った。

「これ、吉村、その方、遊びと勘違いしておらぬか。商いじゃぞ」

と庭から声がかかった。

小籐次らが振り返れば、小姓頭の太田拾右衛門が嫡男の静太郎を従えて立っていた。

「太田様、それがし、行灯売り込みに事よせて悪所に大手を振って出入りしようなどとは毛頭考えておりませぬぞ。いえ、正直申せば、少しくらい遊び心がないとは申せませぬ」

と吉村が真剣にも正直に応じて、一同が、
どどっ
と笑った。

「吉村どの、遊ぶ遊ばぬはお手前の裁量である。だがな、それを使う女郎衆の言葉をないがしろにしては、商いが広がりませぬ。江戸の吉原の遊女衆が関心を持ったのだ。地元の女郎衆が興味をもたんでは、ご一統の作り甲斐もあるまい」

「いかにもいかにも、赤目様、吉村作兵衛、肝に銘じて候」

「それがし、清琴太夫からあれこれと貴重な忠言を頂いた。その忠言を江戸でかたちにする余裕がなかったでな、それがしがまず一つこちらで製作してみようと思うて水戸入りした。そなたらは、それがしが初めて作る新ほの明かり久慈行灯の工程を頭に刻み、忘れぬように紙に記して手順を覚えられよ。明日から一緒にさらに工夫を加えながら実際の製作に入る。よいか」

「畏まりました」

小籐次はまず御作事場の一角に自らの場を設けた。

数々の道具や竹、紙、板、灯明皿など素材を並べ、作業が滞りなく進むように揃えた。刃物の中で研ぎの要るものは自ら研ぎ直した。

「よかろう」

と呟いた小籐次の周りに人の輪ができた。

「清琴太夫の第一の忠言は、色里の枕行灯として使うには今少し小ぶりがよいとのことであった。そこで、これまでのほの明かり久慈行灯より二割方小さなものを試作してみようかと思う」

小籐次はそう説明しながら、西ノ内和紙を張る竹片もさらに細く薄く削ってみせた。新しい行灯の材料を揃えるのに半刻ほどかかった。

小籐次はまず竹片のしなりを利用して、単純にして艶ある曲線を創り出した。

清琴と話している時から吉原の花魁の座敷に相応しい行灯のかたちとはどんなものか、考え続けてきた。道中の間も工程の手順を頭の中で繰り返してきた。そのせいで小籐次はたちまち新しい小ぶりの行灯を組み立てた。

「ほう、だいぶ小さくなりましたな」

御作事奉行の近藤が感心した。

「小さな分、灯りは強くはございますまい。じゃが、色里で使う行灯は灯りが強い要はない。それより男女の情愛を、ほれ、弥が上にも助けてくれるような、艶な灯りが大切でな」

「いかにもいかにも」

と吉村作兵衛が相槌を打った。

続いて小籐次は、江戸から持参した西ノ内和紙を骨組に合わせて大きく切った。西ノ内和紙の中でも透明感のある薄漉きのもので、小籐次が淡い紅やら蓬色などに塗ったものだ。

「それがし、絵心がないでな、ただ、色を塗り付けただけじゃ。水戸には御用絵師どのがおられよう。灯りを点してみておもしろければ、絵師どのの技を借りるのも一つの手かのう」

小籐次が清琴と相談しているときに、清琴が紙に色を塗ることを思い付いたのだ。

「赤目先生、そなたの筆遣いも悪くはないぞ。一色ながら西ノ内和紙の漉き模様に色の濃淡が滲(にじ)んでよいではないか」

と太田拾右衛門の声がした。

「太田様、まだおられたか」

「そなたの手際を見ておると飽きんでな」

小籐次は単純にして複雑な曲線の面に淡い色模様の紙を張っていった。それに水を吹きかけて乾かすと、紙がぴーんと張り、即席の新ほの明かり久慈行灯ができ上がった。最後に灯明皿に菜種油を入れ、灯心の先端まで油を染み込ませた。

御作事場の外光を遮断すると、

「試してみますかな」

と種火を借り受けた小籐次が灯心に火を移した。

ぽおっ

と灯りが点った。

淡い色彩が塗られた薄漉き紙を透過して、なんとも風情のある光が優しく散り、壁や天井に艶っぽい光と影を作った。

「おおっ」

というどよめきが起こった。

「見たこともない光じゃぞ」

「これなれば女郎も喜ぼう」

「女郎ではなくて客の吉村どのではござらぬか」

「近藤氏、いやはや男心をくすぐる灯りではないか」

「いかにもいかにも」

と一頻り新しいほの明かり久慈行灯の話に花が咲き、

「赤目先生、驚き申した。今や天下一の剣術家の酔いどれ小籐次どのの頭から、かようにも風雅な灯りが生まれいずる。妙なるかな、奇なるかな」

と拾右衛門も感嘆し、

「明日にも御用絵師の額賀草伯どのを御作事場に呼んで色や模様を創意してもらえば、さらに一段と興趣があがろう」

と言い足した。

「ご相談に乗って頂けようか」

「藩を挙げての企てにござる。御用絵師とて襖絵ばかり描いていて済む時代ではない。これより早速、額賀どのの屋敷に参り、談判いたす」

と早速、拾右衛門が静太郎を伴い、御作事場から姿を消した。

この日、小籐次はいくつか新しい意匠の行灯の見本を作り、一日目が終わった。刻限は七つ（午後四時）過ぎだ。

小籐次が道具を片づけていると、御作事場の庭に静太郎一人が戻ってきた。

「赤目様、父はご覧のとおり性急ゆえ、こちらから額賀様のお屋敷に乗り込み、談判に及びました。すると、草伯老先生も酔いどれ様の仕事ぶりが見たいと大変な関心でございまして、明日にも御作事場を訪れるというご返答を頂きました」

と小籐次に報告した。

「大変だぞ、額賀様がおいでになるのに御作事場は雑然としておるが、大掃除をせんでよかろうか」

と御作事奉行の近藤が心配しだした。

「草伯老先生は水戸派の絵師の最長老にございましてな。絵にも躾にもなかなか厳しいお方です」

と静太郎が小籐次に説明を加えた。

「近藤どの、御作事場が多少雑然としておるのは当然のことだ。いつもどおりにお迎えすればよかろう。御作事場をいくら磨き立てたとて、どうなるものでもない。第一、この赤目小籐次は変わりようもござらぬでな」

「赤目様がそう申されるならば」

といつもどおりの御作事場に額賀草伯を迎えることが決まった。

小籐次が後片付けを終えるのを待っていた太田静太郎が、

「ご苦労にございました」

と労（ねぎら）いの言葉をかけた。

「本日、赤目様を久坂邸にお連れするようにとの久坂華栄様のご希望でございまして、それがし、使いにございます」

「そのようなことでござったか。それがし、鞠どのにも挨拶がしたい。だが、その前に旅籠に一旦戻ってもよいかな」

「まだ刻限も早うございますれば、ご勝手になされて下さい。それがし、水府屋までお伴致します」

静太郎は他にも話がある様子で小籐次に従った。そこで、

「昨晩の一件、なんぞ進展がござったか」

と小籐次から水を向けてみた。

「ただ今、城下領内一円に藩を挙げての厳しい探索の網が張られ、早乙女一味の行方を追及しておるところにございます。それによりますと、昨晩凶行のあった鹿島香取神社より那珂川を三里も下った三反田(さんたんだ)で乗り捨てられた船が見つかりましてございます。むろん空船にございまして江戸で盗まれた金子など一文も残っておりませんでした。船はどうやら木更津(きさらづ)湊のものと思える節があり、土地の船でないことは確かです。三反田は那珂川河口の那珂湊に近く、早乙女一統が水戸領内から他国へ向ったと考えられなくもございません。ですが、町奉行、目付など探索方は反対に船を捨てた一統が水戸城下か、その周辺に仮の住処を構えたのではないかと見ております。その根拠の一つが赤目様への果たし状です」

「府内潜入か。ご家中、なんとも騒がしいことじゃな」

「ご家老は、なんとしても水戸藩の手で捕縛して幕府に貸しを作れと督励されておりますゆえ、家中一同殺気立っております」

「新番組衆が殺されたのだからな。家中がいきり立つのも当然であろう」

「いかにもさようです。ともあれ、府内に一味が再潜入を試みるようなれば早晩、突き止められます」

と静太郎が確信を持って言い切った。

「おお、そうじゃ。そなたらの祝言の日取りは決まったか」

「それにございます。いくら前々から予定されていた祝言とは申せ、押し込み一味が城下を騒がせておるときに、高砂やでもあるまいと太田、久坂家が話し合い、押し込み一味を捕縛し、騒ぎが解決した一段落の後に執り行うことになりました」

「そなたら、早乙女一味の事件が解決せぬかぎり夫婦にもなれぬか」

「はあ」

と静太郎がちょっぴりうかない顔をした。

「それは、なんとか考えねばいかぬな」

小籐次はどうしたものかと思案しながら水府屋の前に立った。

「お帰りなされませ、赤目様」

と挨拶した番頭が、

「太田様、酔いどれ様のお付きにございますか」

「そのようなものだ。そうだ、番頭、赤目様の今宵の夕餉は要らぬぞ。久坂様のお屋敷に呼ばれておるでな」

「おやまあ、今宵はお一人ゆえ、たっぷりと酒を飲んで頂こうと四斗樽を用意しましたものを」

と番頭が残念がった。

「静太郎どの、暫時お待ち下され」

小籐次は水府屋の玄関に静太郎を待たせると、裏庭の井戸端に向った。作業で汚れた顔と手足を井戸端に行って洗い、首筋など手拭でごしごしと擦って清めた。小籐次には替えの衣服などない。ばたばたと竹の削りくずなどを落として、

「よし、これでよかろう」

と自ら満足した。座敷に上がると、江戸から用意していた小さな包みを手にして、静太郎の待ち受ける玄関先に戻った。

「お待たせ申したな」

二

久坂華栄の息女鞠姫と小籐次は、久しぶりの対面をなした。

「赤目様、よう水戸へ参られました。鞠は首を長うして赤目様の水戸入りをお待

ち申しておりましたのに、昨日はお目にかかることがかないませんでした」

と鞠が恨めしそうに、それでも喜びの表情に変えて挨拶したものだ。

「鞠どの、昨夕は諸々ござってな、欠礼申した。いよいよ静太郎どのとの祝言じゃそうな。おめでとうござる」

「それが突如、延期になりました」

「押し込み一味が水戸城下に潜入したでな。じゃが、ご家中の方々が必死で探索しておられるで数日内には解決致そう」

小籐次は懐から江戸から持参した布包みを出した。

「祝いの品と申しては大仰すぎようが、それがしが手作りしたもの、笑納してくれぬか、鞠どの」

「赤目様からはすでにほの明かり久慈行灯を頂戴しています」

小籐次が布を剝ぐと、色変わりの簪が二本姿を見せた。飴色に輝く丸い飾りは古竹の根の部分を削り、磨き上げたものだ。すると、根の部位によって緻密に詰まった節目が浮かび上がり、飴色の珊瑚玉のような光沢に輝いた。

「まあ、なんと美しい飾り玉にございましょう。これは赤目様が手作りなされたものにございますか」

「江戸近郊の旧家の離れ屋に使われてあった床柱の古竹でな。なんとも根っこが美しいで、かような細工をしてみた」

「赤目どの、その飾り玉が古竹の根とはとうてい思えぬ」

と鞠の父親の華栄が嘆息し、鞠姫が小籐次から受け取ると、うっとりと飴色に輝く飾りを見た。そして、もう一つの細工簪に視線を移した。

こちらは飾り玉ではなく、七分ほどの大きさの鳥籠が竹ひごで作られ、中には極小の鴛鴦の番いが枝に止まって互いを見合っていた。

「なんと見事な細工にございましょう。これもすべて竹片で作られたのですか」

「いかにもさようです。小さな鴛鴦と籠ゆえ苦労したが、でき上がってみると苦労のし甲斐があったというものだ。いつぞや江戸への土産に城下の錺職人が細工した花籠文様の挿し櫛を鞠どのから頂戴した返礼にござる。どうだな、静太郎どの」

「竹籠の鴛鴦の牡はそれがしですか。なんとのう、牝鳥に睨まれているように思えます」

「まあ、静太郎様ったら、なんということを。籠の中で二羽の番いは互いを慈しむように見合っているではございませんか」

「そうですよ、静太郎どの。ご亭主を尻の下に敷くような娘に鞠を育てた覚えは決してございませんよ」

と鞠の母のお紋まで言い出し、

「どれ、鞠、母にもよう見せておくれ」

と二本の簪をためつ眇めつ感嘆しきりだった。

「いや、これは見事な細工です。これを放っておく手はないぞ。華栄どの、古竹なんぞは水戸にもいくらもあろう。どうですな、ほの明かり久慈行灯と同様に水戸の名物に竹根の簪を仕立てたらいかがにござるな」

と太田拾右衛門が言い出し、

「拾右衛門どの、やはりお手前も同じ考えか。のう、赤目どの、ご指導願えぬか」

と華栄が小籐次に願った。

「父上、久坂様、折角、赤目様が江戸から鞠どののために持参なされた祝いの簪を早速商いのタネになさろうとは、いくら藩財政が苦しいときとは申せ、赤目様にちと失礼にございましょう」

静太郎が注意すると、

「これはしたり。われらとしたことが、なんということを」

と屋敷の主が鬢を掻きながら、

「赤目どの、娘のために祝いの品を頂戴し、まずお礼を述べるのが父親の務めでござったな。いかにも静太郎どのが申されるとおり、いきなり商いの品に見立てるなど真にもって非礼千万にござった」

「いかにもさよう。それがしも赤目どの、詫びる」

と久坂と太田両家の当主が頭を下げ、華栄が、

「お詫びのしるしにござる。これ、酒を持て」

と廊下で待機する奉公人に声をかけると、久坂家自慢の黒漆塗りの大杯と樽酒が男衆の手で運び込まれてきた。

小籐次はすでに両家とは入魂の付き合いを許された仲、気を張ることもない。

「赤目様、最初の御酒は鞠に酌をさせて下さい」

と袖を帯にたくし込んで立ち上がった。

「鞠、酌と申しても四斗樽からですよ」

と鞠の母親のお紋が気にした。

「それがしが介添えします」

すでに鏡が抜かれた樽に鞠姫が柄杓を入れ、静太郎の介添えで黒漆の大杯に酒が半分ほど注がれた。

「静太郎どの、鞠どの、今宵はゆるゆると頂戴致したい。その程度でよい」

と小籐次が止め、二人が大杯を運んできた。

「近々夫婦になる花婿花嫁のお酌で酒が飲めるなどは滅多にござるまい。これほどの美酒は天下広しといえども、まずないからのう」

と舌舐めずりせんばかりの小籐次が大杯を両手で受け取ると、

「久坂どの、馳走に相なり申す」

と大きく鼻先で上酒の香りを楽しみ、大杯の縁に口をつけた。小籐次の目の前にたゆたう酒精があって、
すいっ
と口へと流れ込み、喉がひとりでに鳴って機嫌よく五臓六腑に染みわたっていった。

「なんという美味酒（うまさけ）か」

嘆息する小籐次の顔が笑みに崩れていた。

この夜、小籐次は和やかに二升ほどの酒を頂戴し、

「明日がござれば御酒は十分、酒も料理も格別に美味しゅうござった」

と五つ半（午後九時）の頃合、辞去することにした。

「ならば、それがしが水府屋までお送り申します」

と静太郎が言い出したが、

「静太郎どの、気遣いご無用である。そなたは父上と同道し屋敷に戻られよ。それがし、酔いを覚ましながらゆるりと水府屋に戻る。宿への道は承知にござるでな」

と見送りを断った。久坂邸の式台まで鳥籠の竹簪を挿した鞠姫と静太郎の二人に見送られて門を出ようとする小籐次に、鞠が、

「赤目様、二本の簪、生涯の宝に致します」

と島田の髷（まげ）に飾られた簪に片手で触れた。

「そうして二人並んでおられるところは、すでに三国一の花嫁花婿、まるで鳥籠の鴛鴦のようで愛らしいのう」

と言い残した小籐次は久坂邸の門を潜り、表に出た。

春の宵闇に身を委（ゆだ）ね、ゆらりゆらりと大手門にかかると、いつもより多い警護の番士がいていきなり、

「どちらに参る。何者か」

と小籐次の前に抜き身の槍の穂先を突き出した。さらに小籐次が酒を飲んでいることに気付き、

「家中が大騒動にあるとき、酒に酔い食ろうて大手門を潜ろうとは不届き至極である。番屋まで参れ」

と咎め立てしようとした。

「いかにもかような時節に真に不届き千万であった。じゃが許されよ。ちと祝い酒を頂戴してな。つい気持ちようなった」

「なにを申すか」

といきり立つ番士の声に陣笠を被った巡察中の御番衆が現れ、

「これは赤目様ではございませぬか。昨夜はご苦労にございました」

と労いの言葉が投げられた。どうやら那珂川河原の見廻り組が斬殺された現場に立ち会っていた家臣のようだ。

「飯坂様、このお方が酔いどれ小籐次様で」

と最初に槍の穂先を突き付けた番士が恐縮の体で槍を引いた。

「赤目様、知らぬこととは申せ、失礼をば致しました」

「なんの、そなた方は御用専一になされようとしたのでござる。詫びる要などどこにもござらぬ」

と小籐次が応じ、

「それがし、水府屋に帰るがよろしいな」

と願い、

「お気を付けて行かれませ」

という飯坂の言葉に見送られて大手門を出た。

水戸城は那珂川と千波湖（せんばこ）にはさまれた馬蹄型に突き出した台地の先端部に築かれた平山城だ。城の原形は佐竹義宣によって造られ、寛永年間、徳川頼房によって大改修が行われた。台地の東の端に本丸が置かれ、その西側に二の丸、三の丸、曲輪（くるわ）を連ねて、さらにその西側に城下町が形成されていた。

小籐次が御堀端を抜けて町家に入ろうとすると、闇から人影が浮かび上がった。足を止めた小籐次は、おぼろに投げられる常夜灯の灯りで風体を改めた。

家中の人士ではないことは歴然としていた。

一人は壮年の男で道中袴を、残る二人は裁っ付け袴を着用し、足元を武者草鞋で固めていた。こちらの二人は道中袴より若かった。

小籐次とは五、六間も離れた坂下に立ち塞がった相手に、

「なんぞ御用か」

と尋ねた。小籐次には相手の正体が察せられていた。だが、相手から直ぐに返事はなかった。

「ならば、それがしが当ててみせようか」

三人が無言で間合いを詰めてきた。

小籐次を襲うつもりで待ち伏せしていたか、こちらの隙を窺う様子があった。

「そなたらの行方を水戸家中総出で追っておられる。それがしなれば尻に帆かけて逃げ出すがのう。早乙女吉之助はさような考えも思い付かぬか」

「おのれ、言わせておけば」

道中袴が口を開いた。

「ほう、口が利けるではないか。なんぞ赤目小籐次に用事か」

「われら、早乙女様支配下一同、血と義の契りで結ばれておる。霞ヶ浦でわれらが朋輩、野々村一心がそのほうに斃されたこと、放念するわけにはいかぬ。親方様からの言付けじゃぞ。赤目、畏まって聞け」

「親方とは早乙女吉之助綱信のことだな。申せ」

「明晩九つ（午前零時）、那珂川河口大洗の浜にて雌雄を決したい。心して参れとの伝言だ。承ったか」

「親方に伝えよ。およそ盗人の言葉ほどあてにならぬものはない。その方らが赤目の素っ首欲しくばいつ何時なりとも姿を見せよ、赤目小籐次、逃げも隠れもせぬとな。それとも、水戸城下からこの赤目小籐次を引き離したい謂われでもあるか」

「おのれ」

裁っ付け袴の一人がするすると小籐次の前に出てきた。

「やはり図星か」

と小籐次が笑った。

「野々村一心の仇を討つ」

「右馬次、われら、赤目と戦うことを親方は許されておらぬ。忘れたか」

「小頭、野々村はわが幼馴染、こやつを前に逃げ戻るわけにはいかぬ」

「よせ、止めよ」

小頭と呼ばれた道中袴の制止を振り切り、右馬次と呼ばれた剣術家が一目で分る身幅の広い豪剣を抜き放ち、突進してきた。いま一人の裁っ付け袴が右馬次に呼応して前進した。
「これ、木佐貫」
と小頭が制したが、もはや二人の勢いは止められなかった。
小籐次も振る舞い酒に酔った足取りでゆらゆらと踏み込みつつ、まず右馬次の振り下ろしを、
ひょい
と上体だけで躱しつつ、二番手の木佐貫の前に猛然と飛び込むと、刃渡り二尺一寸三分の次直を電光石火に抜き放ち、肩口に斬り込んできた刃風を感じつつ、胴へと引き回していた。
ぐえっ
木佐貫の体が棒立ちになった。
「来島水軍流流れ胴斬り」
の言葉が小籐次から洩れ、背に殺気を感じた瞬間には小籐次の矮軀がさらに沈み込み、右馬次の突きを躱すと、胴斬りから虚空に振り上げていた次直を、突進してきた相手の喉元に、
ぱあっ

と振るった。

血飛沫が散り、右馬次が前のめりに崩れ落ちた。

「漣(さざなみ)」

と続いて技名が告げられた。

小頭の目には赤目小籐次の小さな体がよろよろと前進し、ゆるやかに振り返ったようにも映じた。だが、実際には迅速の剣を振るったはずの二人の仲間が御堀端の道に斃れ伏していた。

遠くで提灯の灯りが浮かび、戦いの場へと接近してきた。

小籐次は次直に血ぶりをくれた。

「ふうっ、心地よい酔いを邪魔しくさって」

「おのれ」

「小頭、よせ。そなたには親方早乙女吉之助に、それがしの返事を復命する務めがあろう」

小籐次の抜き身が近づく提灯の灯りに向けられ、

「そなた、名はなんと申す。名無しでは次に会うたときに挨拶に困るわ」

「雖井蛙(せいあ)流真田光三郎」

「雖井蛙流とはわが来島水軍流同様、珍しき流儀よのう」

雖井蛙流とは、

「(雖)井蛙流是も因州にて行る流にて、同家の臣深尾角馬と云者新に此流をなし、白井源太夫と云者に伝えし也。態多き太刀也。其内不織剣と名付ける一剣を以て専ら勝負太刀に用いる也。是は敵の構にも拘らず、留て勝か打て取か、速に勝負を決する事をならわすと見えたり。今鳥取にて石野八右衛門と云者此流の師なり」

と『撃剣叢談』に解説されたものを、亡父から聞き覚えたことを小籐次は思い出していた。また流祖の鳥取藩士深尾角馬は、寛永八年(一六三一)に生まれ、天和二年(一六八二)に没した江戸初期の、豪勇の武術家だ。

小籐次同様に深尾も父からまず丹石流剣術を学び、さらに去水流、東軍流、卜伝流、神道流、新陰流、岩流、戸田流、タイ捨流、松本流、門井流、念阿弥流の諸流を学んだ後に戦場往来の剣技を基本に甲冑をつけない、軽やかにして速さを信条にした剣術、雖井蛙流を創始した。

「真田氏、そのほうが不織剣を伝授されておるのなら、次なる機会に楽しみにしておる」

真田の顔に驚きが走った。

「赤目、不織剣を承知か」

「亡き父から教え込まれた」

「なんと」

「真田氏、早う逃げぬと見廻り組が迫っておるぞ」

実際には小籐次はその名を知っていただけだ。だが、剣術も所詮は相手との駆け引き、騙し合いだ。

小籐次に罵りの言葉を吐いた真田の姿が御堀端の闇に掻き消えた。

その直後にばらばらと足音が響き、提灯の灯りが抜き身の次直を持った小籐次の姿を浮かび上がらせた。

あっ！

という悲鳴の後、提灯の灯りが血の臭いを漂わす二つの亡骸に向けられた。

「赤目様、どうなされました」

見廻り組から声がかかった。

小籐次が次直を鞘に収めつつ、声のした方を窺うと、新番組の種田英次郎が驚きの表情で立っていた。

「種田どのか、連夜の見廻りご苦労にござる」

「どうなされました」

「早乙女一味の三人に待ち伏せを受けた」

なんと、と驚愕した種田が、

「こやつらは一味にございますか」

「こちらの一人は右馬次と呼ばれ、こやつは木佐貫と逃げた頭分から呼ばれておった」

見廻り組の関心が一気に二つの亡骸に集中した。だが、種田だけは小籐次の傍らから離れなかった。

「赤目様、待ち伏せされていたと申されましたが、こやつら、赤目様を斃すための待ち伏せにござるか」

「いや、親方早乙女吉之助の言付けを伝えるための待ち伏せじゃ。相戦うことになった切っ掛けは、それがしが土浦外れの霞ヶ浦の岸辺で斬り捨てた、一味の野々村一心とこの者たちが親しき朋輩の間柄ゆえ、使いの役目だけでは我慢できなかったとみえる」

「赤目様の唆し（そそのか）に乗ったのですか」

種田が小籐次の顔を再び窺った。

「まあ、そんなところか」

「して、早乙女の伝言は」

「明晩九つ、大洗の浜で待つというものだ」

「お受けになったので」

「それがしをこの水戸から引き離す策と見たゆえ断った。用事なればいつ何時でも参れ、逃げも隠れもせぬというそれがしの返答を伝えるために一人だけは生かしておいた」

ふうっ
と種田が大きな息を吐いた。

三

翌朝、小籐次はだれよりも早く御作事場に赴き、行灯の灯りの中で新ほの明かり久慈行灯を四つほどこしらえた。得心のいく細工で、丁寧を心がけて一人だけで作り上げた。そして、最後に白地の西ノ内和紙を張って仕事を終えた。

そのとき、夜が明け切っていた。

「おおっ、もうお見えでしたか」

御作事奉行支配下の佐野啓三が姿を見せて慌てた。

「年寄りは早起きでな、気に致すでない。本日、御用絵師どのが筆を揮われる行灯を用意しただけだ」

「恐縮にございます。ただ今、熱い茶を淹れさせますので一服して下さい」

「ちょうど喉が渇いた頃合じゃ。有難い」

小籐次が茶を喫していると御作事方、小納戸紙方、さらには小籐次の指導を受ける下士や領民が姿を見せて、悠然と茶を喫する小籐次に恐縮したように、

「赤目先生、おはようございます」

「まさか御作事場で夜明かしをなされたのではございますまい」

などと声をかけてきた。

この日、小籐次は朝方作り上げた四つの新ほの明かり久慈行灯を一同に見本として見せた。その後、三人一組に組分けして、それぞれ協力し合って小ぶりの行灯製作にあたるよう指示した。

「よいな、急ぐことはない。丁寧を肝に銘じて、一つひとつの細工を腕に覚え込

ませるように仕上げるのじゃぞ」

と忠告した。

共同作業が流れに乗った頃、御作事場に白髪をくわい頭に結った老人が、門弟一人に絵の道具が入っていると思われる箱を担がせて姿を見せた。

御作事場で指導にあたっていた小籐次が直ぐに気付くと、額賀草伯も小籐次を認め、互いが、

「額賀先生にございますな」

「そなたが江戸で評判の酔いどれどののじゃな」

と言い合い、笑みを交わした。そして、直ぐに二人は胸襟を開き合える仲と察し合った。

「水戸藩御用絵師の草伯先生に、吉原の遊女が使う行灯に絵を描いてもらおうなど恐れ多いことにございますが、お願いできましょうか」

「赤目氏、いや、酔いどれどのと呼ばせてもらおう。ご案じ召さるな、草伯も水戸家中の一員にござる。絵の心は六曲屏風(びょうぶ)に描こうと、暮らし向きの雑器に描こうと、等しく同じでなくてはならぬ。まして、酔いどれどのの考案なされた行灯は、藩挙げての事業にござろう。それに草伯を呼んでもらい、感謝の言葉もござ

いませぬぞ」

　と草伯が莞爾とした笑みで応じ、

「酔いどれどの、ともあれ新しい行灯を見せてはくれぬか」

「ならば、こちらに」

　と小籐次自ら草伯を御作事場の控え部屋に案内した。そこには昨日小籐次が即席で作り上げ、彩色した新ほの明かり久慈行灯が置かれてあった。

「ほう、なんとも竹ひごの曲がりが微妙にして簡素、艶麗で、感に堪えませぬな」

「草伯先生、灯心に火を点してようござるか」

「お願い申そう」

　小籐次に佐野が種火を手渡し、灯心に火が点された。

　ぽおっ
　と曲線を組み合わせたほの明かり久慈行灯の造形が浮かび上がり、辺りに淡い光を優しく投げかけた。

「おおっ、草伯、初めて見える灯りかな。なんと心が和む雅な光じゃな。これが竹と紙で作られた灯りとは」

と嘆息した草伯はためつ眇めつ完全な出来とは言えぬ行灯を観察し、

「江戸屋敷におるとき、確かに吉原で流行ったものが素人衆の間に広がっていくと聞いたことがござる。吉原の花魁衆が興味をもたれたのがよう分る」

「草伯先生、前に製作した行灯はひと回り大きくござってな、これに比べればまだまだ武骨にござった。そこで吉原の清琴太夫の知恵を拝借し、あれこれと大きさやらかたちを最初から作り直しました」

「酔いどれどのの創意工夫の小型行灯の側面になにを描いたものか。この淡くも和やかな光を絵が邪魔をしてはいかんでな」

と思案をするように御用絵師が小首を傾げた。

「草伯先生が手掛けられるのは絵の手本にござってな、それを真似て御作事場におる連中が描かねばなりませぬ。あまり複雑巧妙では到底、額賀草伯先生の筆遣いを真似ることはできませんぞ」

「酔いどれどの、絵は簡素なほど難しい」

「ほう、そんなもので。剣術と一緒にございますな」

「まず最初は草伯が描くとして、その後しばらくは弟子どもに指導を兼ねて事に当たらせようか。御作事場の面々の中で絵心のあるものを選んで修業をさせれば、なんとかなるやも知れぬ」

と草伯が手順を示した。

「酔いどれどの、そなた、いつぞや江戸屋敷にて来島水軍流の腕で紙吹雪を降らせたそうじゃな」

「座興がお耳に入りましたか」

「草伯にも披露願えぬか」

「なんぞ草伯先生のお役に立ちまするか」

「まあ、役に立つかどうか。なんとのう思いつきでな」

小籐次は控え座敷の天井の高さと左右前後の空間を確かめ、次直を腰に手挟んだ。その会話が御作事場に伝わり、

「このような見物は滅多にお目にかかれぬぞ」

とばかり、みなが控え座敷を覗き込んだ。

そのざわめきに気付いた佐野が小籐次に視線を送った。

「酔いどれ爺の座興、見たくば勝手に見られよ」

御作事場と控えの間の板襖が大きく開かれた。そこへ作業を中断した面々が何重にも重なり合うようにして並び、固唾(かたず)を呑んで小籐次の動きを見ていた。

小籐次が何枚かの西ノ内和紙を二つ折りにして襟元に差し込んだ。その紙は昨日試しにと色付けしたものの残りであった。

「額賀草伯先生、来島水軍酔いどれ流、春の淡雪落花の舞いをご披露申す」

小軀の小籐次の足下に新ほの明かり久慈行灯が淡くも優しい光を放っていた。

呼吸を整えた小籐次の腰が沈んだ。

次直は未だ鞘の中に眠っていた。

小籐次の右手が襟元の西ノ内和紙を摑み、
そよ
と頭上に舞い上がらせるように飛ばした。

次の瞬間、小籐次の右手が翻り、次直が一閃された。それは優美な弧を描いて白い光に変じ、虚空に浮く西ノ内和紙を下から上へと両断した。

うおおっ
という歓声が御作事場から起こった。だが、驚くのは早かった。

小籐次の手が、次直の刃が控え部屋の虚空を舞うたびに紙束は四枚に、さらに八枚、十六枚と斬り分けられ、刃が翻る度に西ノ内和紙はその姿を細かく変じていった。

「なんということか」

今や控え部屋の天井下に色とりどりの紙吹雪が舞っていた。それは下から淡い灯りを当てられた色模様の花吹雪とも春の淡雪とも見えた。

御作事場は感動に今や粛然として声もない。

不動であった小籐次が行灯の灯りの周りをゆっくりと舞うように一周し、最後の刃を振るった。

「額賀草伯先生、赤目小籐次の拙き芸、春の淡雪落花の舞いにございます」

と宣すると次直を、
ぱちん
と鞘に収めた。

その瞬間、控え部屋の天井下を色模様の花びらと淡雪が混然として舞い飛び、幻想空間へと変じさせていた。

「酔いどれ小籐次どのの絵心、狩野派の絵師のど肝を抜きましたぞ。恐ろしや、美しや」

御三家水戸藩の御用絵師額賀草伯の口から驚きの言葉が洩れた。

数瞬舞い踊った偽りの雪が床に散って、行灯の周りを淡雪で埋めた。

小籐次が控えの間の床に正座し、

「お粗末にござった」

「現（うつつ）か幻か、これ以上の美はござらぬ」

と草伯が言い切り、

「はてさて、思案に余るわ」

と言いながら沈思した。小籐次は朝方製作した四つの無地行灯を、

「これにござるが」

と草伯の膝元に届けた。

「酔いどれどの、直に本物の行灯に描いてようござるか」

「行灯なればいくらも作ります。ご勝手に」

小籐次は草伯と弟子だけにするために控え部屋を出た。すでに御作事場では作業が再開されていた。小籐次は各組を回り、あれこれと細かく注意していった。時には道具を手に一つふたつ手を加えると、竹ひごの張りがきれいに弧を描き、全体のかたちがよくなった。

「さすがに酔いどれ様じゃぞ、わしらの仕事にわずかに手を入れられるだけで、かようにも見場がようなった」

と感心する弟子らを、

「よいな、竹には竹の気性というものが備わっておる。それを強引に曲げようと思うては相手も逆らおう。分らなければ素直に竹に聞くことじゃ」

「竹が返事を致しますかのう、先生」

「耳を澄ませば教えてくれるぞ」

そんな指導が昼前まで続いた。

「赤目様」

と密やかな声が庭からした。

小籐次が顔を上げると、太田静太郎と町奉行所の同心か、黒羽織が数人御作事場の庭に立っていた。

前掛けの竹くずを払い、縁側に出ると、静太郎の顔に興奮があるのがうかがえた。

「赤目様、昨晩、久坂邸の帰りに御金座破りの一味の待ち伏せに遭われたそうな。二人を斃されたそうでお手柄にございました」

「そのようなことはどうでもよい。なんぞ報告がござるか、静太郎どの」

「なぜ早乙女が江戸で奪った七千余両を水戸に運び込んだか、分りました」

「ほう、それはまたどうしてじゃな」

「直参旗本の早乙女姓を辿り、水戸となんぞつながりがある者はおらぬかどうか、目付の帳簿書付方がこの数晩夜明かしして調べました。水戸家は陪臣を含めますと四千余人に上りますれば大変な労苦であったろうと察せられます。その甲斐あって、水戸藩の船頭（ふながしら）、これは幕府の御船手奉行に当たる職掌ですが、船頭支配下水夫（かこ）頭の芳澤家に直参旗本早乙女家から娘が嫁に入っておりますことが判明致しました。娘と申しましてもすでに齢（よわい）七十四の年寄りにございますが、利根川筋の所領地に参った折には早乙女家の者が水戸を再三訪れたことがあることも判明致しました」

「ほう、帳簿書付方、なかなか迅速な仕事ぶりにござったな」

「はい」

と静太郎が嬉しそうに答え、

「今一つご報告がございます」

と連れてきた黒羽織を振り向いた。その中の一人が、

「申し上げます。赤目様が斃された一人が懐中に千波湖を往来する船鑑札を忍ばせておりました。これは地元の漁民に船頭が出す木札にございましてな、どうや

ら水夫頭の芳澤家が渡したものと推測されます。芳澤家も千波湖南岸にございますれば、一味の隠れ家もまた千波湖周辺にあると推測されまして、ただ今、百姓や商人に扮した探索方を千波湖周辺に潜入させております。まず今日のうちにも一味の塒が判明するものと思えます」

といささか得意げに報告した。

その知らせに頷いた小籐次が、

「それがしが昨夜逃した真田光三郎にしても、なかなかの手練れと見た。隠れ家が見つかったからと申して、いきなり踏み込むことは避けたほうがよかろう」

と注意し、尋ねた。

「芳澤家の当主が早乙女一味の隠れ家を用意したと思えるか」

小籐次の質問に再び静太郎が答えた。

「当主の芳澤伍平は江戸下屋敷の勤番をこの数年仰せつかり、水戸には滅多に帰ることはございませぬ。もし、早乙女吉之助を受け入れた者がおるとしたら、早乙女家から嫁に入った刀自、茶々ではないかと思われます」

「ほう、刀自がな」

「茶々は江戸屋敷の芳澤家に嫁入りしたと思うたら、いつの間にやら水戸くんだりまで連れて来られ、骨を埋めることになると常々嘆いておるそうです」

「どうやら早乙女一統の足取りを摑んだようじゃな」

「はい」

と静太郎が大きく首肯した。

「ご家老は今晩なんとしても決着を付けよと、町奉行にも目付方にも厳命なされました。そのついでと申してはなんですが、一統を捕縛するとき、赤目小籐次様のご出馬をと申されております」

「そなたと鞠どのの祝言がいつまでも先送りされてもかなうまい。いつなんなりと申されよ」

「これで万全です。またご報告に上がります」

と静太郎らが御作事場から去っていこうとした。

「太田左門様にお目にかかる機会があれば、額賀草伯様が朝から参っておられるで、今日の夕暮れにも絵が描かれたほの明かり久慈行灯の試作ができようとお知らせ願えぬか」

「早速伝えます」

静太郎が姿を消した。

小籐次が御作事場の指導に戻ろうとすると、控え座敷で額賀草伯が数枚の下描きを睨んで考え込んでいた。いきなり行灯に絵を描くことなく下描きで構図を纏めようとしているのか。

小籐次が控え部屋に入ると、草伯が顔を上げた。

「まずは無難なところから四季花文様を描いてみた。これへ」

と門弟に命じた。すると、草伯の体の陰から付き添いの門人が行灯を一つ小籐次の目の前に置いた。すでに四季の花々の絵が描かれていた。

「おお、これはなんとも華やかにございますな」

「最初は一つの行灯に春模様を、次なる二つ目に夏模様をと考えたが、春夏秋冬衣替えのように枕行灯を変えることはあるまいと思うてな。行灯の円やかな面を使い、一つの行灯に四季の風情の花文様を盛り込んで屏風絵風に描き込んでみた」

と小籐次に説明した草伯が、

「灯りを点せ」

と命じた。

折よく来合わせた御作事奉行の近藤義左衛門や佐野啓三らも立ち会う中、行灯に火が入った。

小籐次の胸の中に感動が疾った。

（本職とは空恐ろしいものかな）

御三家水戸の御用絵師を務めるほどの額賀草伯の真筆だ。

春の暁に浮かぶ桜、夏は葉柳に水の流れ、秋は全山紅葉、そして、最後に冬は吹雪の中に凜として咲く黄水仙が朦朧（もうろう）と浮かんだ。

だれ一人として言葉がない。

「どうかな、酔いどれどの」

小籐次はぺたりとその場に座り込み、

「額賀草伯どの、それがしの作る行灯には勿体のうござる。なんとも非礼な申し出をしたものよ。許して下され」

「それは違いますぞ、酔いどれどの。そなたが創り出した灯りと相俟（あいま）っての新ほの明かり久慈行灯の誕生にござるよ。これで江戸に出しても恥ずかしゅうはござるまい」

「額賀様、赤目様、なんという眼福にござろうか」

と御作事奉行の近藤も言葉を失っていたが、ようやく感嘆の声で告げた。

「されど、いささか問題もござろう」

「近藤どの、なにかな」

「額賀絵師の筆遣い、これは御作事場のだれであれ、少しくらいの手習いでは描くことができませぬ」

「そこです」

と草伯が言い出した。

「そこで、これをできるだけ職人衆が描けるように簡素にしようかと考えておるところだ」

御作事場に緊張が走り、昼行灯と異名をとる老練な国家老とも思えぬ性急な足取りで太田左門が姿を見せた。

「静太郎から聞いたが、額賀は絵を描いたようだな」

はっ、と額賀が畏まり、太田左門の視線が四季花文様が描かれた行灯にいき、

「ふううっ」

と唸(うな)った。しばし重苦しい沈黙の時が過ぎ、

「赤目、額賀、いくら吉原の女郎が高値を出すとは申せ、せいぜい一分か二分止まりであろう。これはそのような値では売れまい」

と言い出した。

左門の表情にはあてが外れたという様子があった。

小籐次の胸に一つの考えが浮かんだ。

「いかにもさよう、額賀様の真筆にございますれば、何十両あるいは何百両という値の行灯にございましょうな」

と小籐次が平然と答えた。

「赤目、本来、行灯は暮らしの道具じゃぞ」

「いかにもさよう。たかが行灯されど行灯、値が何十両もする行灯もあれば二朱で売られるほの明かり久慈行灯があってもようございましょう」

「どういうことか、赤目」

左門が詰問するように言った。

「ご家老、江戸には吉原の太夫が好むものには何百両をさらりと投げ出す粋人、通人の旦那衆がおります」

「それがどうした」

「もし額賀草伯先生がそれがしの作る限られた数の行灯にこのような絵を描いて下さるならば、必ずや花魁衆は気に入ってくれます。となれば、行灯一つに何百両もの値がしようと旦那衆が競って買い求めましょう」

小籐次の脳裏には清琴から得た知識があった。暮らしの道具を何百両の高級品に変える詐術を生み出すのが吉原という御免色里だった。

「ほう、行灯一つに何百両か。吉原じゅうが騒然としような」

「新ほの明かり久慈行灯の宣伝にはこれ以上のものはございますまい。一つ百両の吉原明かりとでも命名すれば読売が書き立てますで、江戸じゅうが久慈の新行灯を知る道理にございましょう」

「それで」

「高値で売れた額賀草伯先生の絵入り行灯の儲けの一部を職人衆が描く行灯に注ぎ込めるならば、こちらの行灯はそれだけ安く売ることができまする」

なにっ
と険しくも応じた昼行灯が思案に落ちた。長い沈思のあと、左門の顔が急に和んだ。

「考えおったな、酔いどれ」

と莞爾とした笑みを浮かべた左門が、

「草伯、吉原明かりに真筆をふるってくれるか」

「藩の大事にございます。御用絵師も家中の人間にござれば、どのような命もお受け致します」

左門の眼差し(まなざ)が小籐次にきた。

「酔いどれ小籐次、草伯が描く真筆の行灯はそなたが工夫して手作りするのじゃぞ」

「承知仕り(つかまつ)ました」

「よし、なった。水戸領内の久慈で産する上質の漉き紙の西ノ内和紙を使い、酔いどれが製作したほの明かり久慈行灯に絵師の額賀草伯が絵を描く。それを限られた数だけ作ろうか。さすれば、江戸の吉原で話題を呼び、何百両の高値でも売れようぞ」

と太田左門がにんまりして、再び小籐次に視線を向けた。

「ご家老、その代わり職人衆が草伯先生の絵を手本に描く行灯はできるだけ安くして下されよ」

「分っておるわ」

と上機嫌の左門の声が勝鬨(かちどき)のように御作事場に響いた。

四

その深夜九つ前、小籐次の姿は千波湖の東南岸の葦原に止めた小舟にあった。葦を透かして灯りが遠く闇に滲んでいた。

江戸の御金座に押し入り、鋳造中や刻印を打ちかえる作業中の七千余両の大金を盗んだ一味の、元勘定奉行金座方であった早乙女吉之助らは、廃寺髄運寺を水戸の隠れ家としていた。

この髄運寺は千波湖の岸辺にあって、堀伝いに那珂川へと抜けることができた。ということは、河口に下れば那珂湊で鹿島灘に出られ、江戸にも陸奥方面にも逃げることが可能だった。

小籐次の傍に太田静太郎が緊張した様子で歩み寄った。

「赤目様、町奉行、目付、御番衆の総勢二百人余で水上、岸辺と固めましてございます」

「よし」

小籐次は足元に置かれた大徳利を抱えると栓を歯で抜き、たっぷりと飲んだ。

その日、水府屋に戻った小籐次がそろそろ就寝しようかという刻限、太田静太郎が興奮と緊張に顔を紅潮させて飛び込んできた。

「早乙女一味の隠れ家を発見致しました」

というのだ。

国家老太田左門との約定もあった。小籐次は直ちに仕度をなし、静太郎に命じて水府屋の台所で大徳利に酒を詰めさせた。

「参ろうか」

「ご案内申します」

静太郎は小籐次が飲み残した大徳利を提げた。

小舟を捨てた小籐次と静太郎は葦原を静かに掻き分けた。一町も行くと千波湖で漁をする小舟を保管する舟小屋があって、そこが早乙女一味を捕縛する本陣であった。小屋に入ると、小さな灯りを囲むように町奉行の佐々、目付の佐々野ら知った顔がいた。

「おお、参られたか」

佐々主水が小籐次を強張った顔で迎え、陣笠陣羽織の武家を小籐次に紹介した。

「赤目様、大番頭上橋常左衛門様にござる。こたびの早乙女一味捕縛の総指揮を取られるお方です」

水戸家には家老職に次ぐ身分で千石以上、十人の大番頭がいた。武官の最上級の地位の家臣である。

「赤目どの、かけ違って貴殿とはお目にかかる機会がなかった。それがし、ご家老から一味捕縛に際し、赤目小籐次の采配の下、動けとの厳命を受けておる。赤目どの、なんなりと申されよ」

上橋の言葉に首肯した小籐次が、

「ただ今の様子はいかに」

と問い質した。

小さな灯りの下に手書きの絵地図が広げられた。

「髄運寺は湖水に面し、船隠しもある。ゆえに、水路でも陸路でも逃げようと思えば逃げられる。じゃが、那珂川への水路も家中の船で固め、陸地側も十重二十重に囲んでござる」

と軍扇の先で小籐次に説明した。

「早乙女一味は気付いてはおらぬな」

「包囲網は未だ絞っておらぬゆえ、こちらの気配は悟られておるまい」

「一味の人数はどれほどかな」

「早乙女以下十四、五人にござろう。夕餉は芳澤家の女衆が用意しておるが、その器などから推量したものにござる」

と目付の佐々野が小籐次の問いに答えた。

「赤目どの、人数において十倍以上の家臣が捕縛の任についておる。一気に髄運寺を押し囲むか」

「上橋どの、人数に任せて押し包めば、こちらの側も大勢の死人怪我人が出るは必定。早乙女一味は武芸百般の猛者揃いにござればな、死人の十人や二十人覚悟めさるか」

上橋の顔色が変わった。なにか反論しかけたが、目の前の人物は大名四家の参勤行列に独りで襲いかかり、見事行列の旗印の御鑓の穂先を切り取った人物だ。

「どう致さばよいかのう」

「それがしが参ろう」

「そなた一人で参られると申すか」

「いくら武芸達者な猛者揃いとは申せ、親方と呼ばれる早乙女吉之助を斃せば勝敗は決したも同然にござる」

　立ち上がる小籐次に、

「赤目どの、水戸も五人の腕達者を選び、斬込隊を結成してござる。同道してはいかぬか」

　小籐次はしばし考え、頷くと、

「あくまでそれがしの後詰めと心得よ」

「承知致した」

　舟小屋に五人の斬込隊の頭が呼ばれた。

「御番組井上主膳にござる」

　小籐次は、

「それがしが先陣を切る。その後、乱戦になればそなたらの出番である。よろしいか。戦は最初が肝心、功に逸る所業は許さぬ」

　小籐次の厳命に、

「畏まって候」

　と井上が受けた。

　小籐次の顔が大徳利を提げた静太郎に止まった。

「静太郎どの、酒を頂戴しよう」

一座の視線が集中する中で小籐次は大徳利に口をつけ、喉を鳴らして飲んだ。

そして、最後の一口を次直の柄に霧状に吹きかけた。

立ち上がった小籐次の頭には破れ笠があって竹とんぼが差し込まれてあった。

足元は芝口橋の足袋問屋の職人頭の円太郎が、小籐次のために誂(あつら)えた革足袋で固めていた。

「静太郎どの、何事も経験じゃ。それがしに従われよ」

「はっ」

と祝言を控えた若侍が承知した。

小籐次が舟小屋を出ると、井上ら斬込隊五人がすでに決死の覚悟で待ち受けていた。

「参る」

「承知」

短い応酬で意は通じ合った。

静太郎を含めて七人、廃寺髄運寺を目指して進んでいった。あちらこちらの闇に包囲陣が隠れていたが、無言で七人を通した。

七人は小籐次が先頭で傍らに静太郎が従い、その背後に五人が続く態勢だ。

髄運寺は禅宗の寺であったか、朽ちかけた山門に、

「不許葷酒入山門」

の石碑が残されていた。

「ご免」

と呟いた小籐次が石段に足をかけた。

殺気が山門の陰から押し寄せてきた。

薄い月明かりに槍の穂先が煌めいた。

その瞬間、穂先に向って小籐次の体が飛び、穂先を身すれすれに躱すと柄を摑み、引き寄せた。するとよろよろと大兵が小籐次の眼前に無言で現れた。

相手の懐に入り込むと同時に次直が抜き打たれた。切っ先が襲ったのは叫ばれぬように喉首だった。

血飛沫が、ぱあっ、と散り、血の臭いが漂った。

どさり
と山門前に大兵の体が崩れ落ちた。

小籐次の早技に斬込隊の五人が驚愕して、身を竦ませた。

小籐次は斃した相手の手から槍を奪い取ると、長さと重さを片手で測り、それを持参して山門を潜った。右手に槍、左手に次直が提げられていた。

枯れ芒が参道の左右から垂れていた。

屋根が傾いだ本堂の前にもう一人見張りがいた。人の気配に視線を巡らそうとしたとき、小籐次の手から槍が投げ打たれた。それが相手の胸板を貫き、本堂の板壁に串刺しにした。

小籐次は走った。走りながら左手の次直を右手に持ち替えた。

本堂の階段を一気に飛び上がり、本堂に飛び込んだ。行灯の灯りに照らされた本堂で車座になった数人の賊らが酒を飲んでいた。どれも武芸者風の風体だ。

「何奴か」

「赤目小籐次、こちらから参上した」

「しゃあっ！」

という驚きと一緒に車座の賊が立ち上がろうとした。だが、踏み込みざま、小籐次の抜き身が一閃また一閃し、三人が斬り伏せられていた。

「早乙女吉之助はどこか」

小籐次の叫び声に本堂の裏手の暗がりから六、七人の賊が飛び出してきた。どうやらそこで就寝していたらしい。その一人は雖井蛙流の真田光三郎だった。

「また会ったな」

「許せぬ、赤目小籐次」

真田が手にした刀を腰に差し落とすと、柄頭を押さえて落ち着かせた。

「居合も遣うか」

小籐次は真田だけを狙った。真田の仲間らと、井上らの斬込隊と静太郎が剣を交えることになった。

本堂の中で乱戦が展開されることになった。

互いに余裕はない。

小籐次は一気に真田との間合いを詰めた。詰めながら破れ笠の竹とんぼを抜き取り、指で摘んだ。

真田の腰が沈んだ。手が柄に翻り、一気に抜き上げようとした。

竹とんぼが飛んで真田の眼前に飛来した。一瞬、真田の動きが止まった。

小籐次の体が大胆にも飛び込んだ。

真田が再び動き、刃が鞘から離れようとした瞬間、次直の切っ先が真田の右腕の手首をぱあっと刎ね斬っていた。

「卑怯なり、赤目小籐次」

真田は手首を斬られ、右手から刀が落ちた。次の瞬間、小籐次の次直が肩口に深々と落とされていた。

「武芸は騙し合いよ」

斃れ込む真田を避けて飛び下がった小籐次は、静太郎が本堂の丸柱を背に押し込まれているのを見た。相手は壮年の武芸者だ。

「静太郎どの、気合じゃぞ」

と声をかけつつ、横手から斬り込んできた一人を片手殴りに斬り伏せた。

小籐次の鼓舞に劣勢の静太郎が攻勢に出て、小籐次の気配に相手が怯んだ。

「静太郎どの、ほれ、そこじゃ。相手は浮き足立っておる。腰を狙え」

「はっ」

と踏み込みつつ振るった一撃が相手の腰から脇腹を斬り上げた。

げえっ

「見事じゃ、静太郎どの」

小籐次の眼前で斬られた相手が崩れ落ち、静太郎が呆然として立ち竦んだ。

「ほれ、気を抜くでない」

静太郎が、
はっ
として再び剣を構え直した。

小籐次の目に、小籐次とほぼ同じ齢と思える武芸者の姿が目に入った。

「赤目め、ちと油断をし過ぎたか」

「早乙女吉之助じゃな。もはや七千両も夢まぼろしと終わった。すでに形勢は決しておる。大人しく縛に付かぬか」

小籐次の言葉を無視した早乙女が朱塗りの鞘を払って捨てた。

本堂に水戸藩の包囲陣が迫ったか、
わあっ！

という鯨波が響き渡った。

「赤目小籐次、一対一の勝負を願おうか」

「よかろう」

二人が剣を構え合ったとき、本堂に、

「賊ども、水戸藩大番頭上橋常左衛門である。大人しく致せ！」

の声が響き渡った。

がたがたと音を立てるように抵抗する一味の闘争心が萎えた。

今や本堂で刃を交えるのは赤目小籐次と早乙女吉之助の二人だけだ。全員の注視する中、二人は相正眼に構え合った。

間合いは一間。

その構えで二人は微動もしなくなった。

五尺そこそこの小籐次の体を見下ろすような早乙女吉之助の長身だ。二人の背丈の差は一尺数寸もあった。

長い対峙が続き、髄運寺の本堂の時が止まったように思えた。

早乙女吉之助の正眼の切っ先が静かに下りてきて、小籐次を見下ろすような突きの構えに移行した。

すいっ
と早乙女の体が動いて傾き、切っ先が小籐次の喉首に伸ばされた。

後の先。

小籐次も踏み込み、伸びてきた切っ先が払われた。流れる切っ先を引き戻しながら早乙女と小籐次はすれ違い、互いが素早く反転した。

早乙女吉之助が驚愕したのはその瞬間だ。

なんと、すれ違ったはずの小籐次の小軀が長身の早乙女吉之助の内懐にあって、にたり
と笑った。

「おのれ」

と呟く早乙女の胴に冷たい刃が食い込んで、その直後、意識が途絶した。

小籐次の口から、

「来島水軍流流れ胴斬り」

の言葉が洩れて、戦いは終息した。

数日後、御作事場で額賀草伯が十個目の新ほの明かり久慈行灯の絵を描き終えた。

「ご苦労にございました」

「酔いどれどの、これほど気持ちよう仕事を終えたのは久しぶりでな。こちらがそなたに礼を申したい」

「まずは祝着至極にございましたな」

「祝着はご家老太田左門様にございましょう。幕府が金座から奪われた七千余両

をほぼそっくり回収し、江戸へと返送なされたのですからな。これで水戸は幕府に大きな貸しができたというものです」

「いかにもさよう」

と答える小籐次の許へ細貝家の職人頭の角次がきて、

「赤目様、ちいと不細工じゃが、竹響ができました」

と見せた。

久坂鞠に贈った竹響を見本に職人頭の角次らに小籐次が教え込んだのだ。

「どれどれ」

と仔細に観察した小籐次が、

「角次どの、最初にしてはよい出来じゃぞ。今少し数をこなせば、なんとか売り物ができよう」

と褒めると額賀草伯が、

「また一つ水戸名物の竹細工ができますな」

と笑った。

「赤目様」

と浩介の声が庭から響き、

「そろそろ御仕度に水府屋に戻らねば、竹くずに汚れた仕事着で静太郎様とお鞠様の祝言に出ることになりますよ」

と迎えにきた。

小籐次が御作事場の縁側に行くと、浩介の傍らにおやえが従っていた。

どこからともなく鶯の声が響き、梅の香りがそこはかとなく漂う宵だった。

「今宵は太田静太郎どのと鞠どのが夫婦になるめでたき日じゃが、そなたらはいつだな」

というどこかのんびりとした小籐次の言葉に、おやえの顔が初々しくも赤らんで鶯の高音と絡んだ。

特別付録

藤沢周平記念館講演録〈前半〉

二〇一六年十月三十日、佐伯泰英さんは、藤沢周平記念館（山形県鶴岡市）にて「藤沢周平さんと私」と題し、初めての講演をおこないました。『藤沢周平』という時代小説の大先達に『恩義』があるゆえ」依頼を受諾。入念な準備を重ね、完成した講演原稿は、〝藤沢周平と時代小説〟〝自分の時代小説の原点、スペイン〟という二部構成。当日、記念館に隣接する荘内神社参集殿に訪れた三百人の聴衆は、一時間二十分にわたる佐伯さんの話に、熱心に耳を傾けました。

本巻では、講演の前半部分を収録します（後半は『薫風鯉幟　酔いどれ小籐次（十）決定版』に収録予定）。

一九九八年の春先のことです。

とある出版社に呼ばれて新宿の喫茶店で編集担当者二人と会いました。

その当時、私は「ノベルス」という出版スタイルで、ミステリーの如き現代ものを書いておりました。それまで十数冊の本を出してくれた出版社です。当然新作の打ち合わせと思っておりました。

すると、「もはや佐伯さんの本はうちから出せない」との〝首切り通告〟でした。

出版界とは、二十数年間漫然と仕事をしてきました。なんとかこれからも生きていけるのでは、と安直に考えていた私は、「ガツン」と脳天を叩かれました。頭は真っ白です。

そのとき、編集者の一人が、

「佐伯さんは遅れてきたノベルス世代なんだよね」

と言葉を吐いた。そのあとに、

「残されたのは官能か時代小説だな」

この一言を付け加えました。

むろんこの言葉は原稿依頼ではございません。

こちらがショックを受けているのを見て、慰めというか、激励というか、そんな意味合いで声をかけてくれたのでしょう。

確かにバブルが弾けた日本社会は元気を失っておりました。出版界も不況、端的にいうと活字本が売れない時代に突入していました。

歴史・時代小説もまた、池波正太郎先生が一九九〇年に、司馬遼太郎先生が九六年に、そしてその翌年の九七年一月二十六日に藤沢周平先生と、大御所三先生が相次いで亡くなられ、輝きを失った時期でした。

官能小説はとても書けない。かといって時代小説が書けるのか。

私は戦中の昭和十七年生まれです。物心ついたのは戦後のことです。本どころか食べものも満足にない時代です。

活字本との初めての出合いは、おそらく貸本屋の山手樹一郎、佐々木味津三諸氏の薄っぺらな時代ものでしょう。薄っぺらなのは戦後の紙不足のせいです。

真っ当な本、歴史時代小説に接したのは、義兄が持っていた吉川英治本の『三国志』や『宮本武蔵』です。

吉川英治本で時代小説に嵌った私は、柴田錬三郎先生や山本周五郎氏を経て、池波正太郎先生、そして、藤沢周平先生の作品に辿りついたのです。

つまり一読者として時代小説を、「池波小説」や「周平作品」を楽しんでいたに過ぎません。時代小説を書く覚悟とか準備とか志は全くなかったのです。

それでも「官能か時代小説か」の呟きに縋るしかなかった。

時代小説を書くとしたら、どうすればよいのか。長編を書くには資料も要るだろう。「ならば短編を」との安易な考えで、五つの話を書いて、例の言葉を吐いた出版社に届けました。すると、

「えっ、書いたの?!」

と驚きの声を発した上に、パラパラとめくって追い打ちがかかった。

「短編は小説の名手が書くもの、時代物を書いたこともない、あんたの名で本が出せる?」

と読みもせずに突き返されました。

プロの編集者として正しい判断、対応です。

例えば周平先生の短編一話を読めば分かります。ぎりぎりまで削られ、推敲された文章一行に、「ふうっ」と景色が浮かび、女心が見えてくる。男の我儘や勝手が覗く。描き分けられた人情の機微に想像力が掻きたてられる。

そんなことも知らずして短いお話をただ書いた。断られて当然です。

「長編時代小説かぁ、なにをどう書けばよいのか?」

その折、ふと頭に浮かんだのが周平先生の一九七八年作品の『用心棒日月抄』でした。

無謀にもあのような時代小説を書きたい、そう、私は願いました。

「もう一度『用心棒日月抄』を読み返すか」と考えました。

ですが、読み返すと絶対に書けないと思いました。

それはそうです。名手達人と評される作家の時代小説を読み返した上で、時代小説のずぶの素人が書く真似などできるわけもない。まず周平先生の作品に拘わらず時代小説を読むことを、私のスタイルが確立するまで、封印致しました。

十数年前に読み、私の頭に残る『用心棒日月抄』は漠然としたものでした。わずかに記憶していた雰囲気をなぞろうとしたのでしょう。

図書館に通い、資料をコピーして揃えました。その上で私なりの『用心棒日月抄』を書いた。それが『密命　見参！　寒月霞斬り』という長編です。

原稿用紙にして七百枚前後か、三月か四月かかったと思います。

暮らしを立てるために必死で書いたという記憶しかございません。「新しい時代小説への挑戦」などという高邁な気持ちは全くありませんでした。ともかく最後まで書いて短編を突き返した出版社へ持ち込んだ。すると編集者が、

「えっ、また書いたの?!」

と呆れ顔で一応受け取ってくれました。

やれ、安堵です。

ですが、以降なしのつぶてです。

なんどか原稿を読むように催促したあと、私は恐る恐る前借りをお願いしました。確か

百万円だとおもうのですが、これが意外や意外すんなり通った。

出版社としては前借りを許した以上、本にして出すしか、私から借金を取り立てる術はない。売れない作家に前借りさせて、出世払いなんて長閑な時代は、遠い昔に過ぎ去っておりました。そこで先方が慌てて本にしてくれた。

「時代小説文庫書き下ろし」という形態での出版です。

出版界黄金期の大御所作家は、いえ、大半の作家はまず雑誌や新聞などに連載する。それが完結したところでハードカバーで出版され、さらに売れ行きや評価を見た上で数年後文庫化に至る。

周平先生のような大作家には全集という究極の誉れが待っています。

文庫になるということは、それだけで「スタンダード」「古典」のお墨付きです。文庫はいつでも書店の棚に並ぶ作家の勲章でした。

私は、物書き以前に写真家として、出版界との付き合いが始まりました。そんな写真家時代の話です。

純文学の堀田善衞先生が労作『ゴヤ』四巻を書いた直後、スペインに滞在しておられました。私は「写真家」兼「車の運転手」兼「なんでも屋」でマンションに居候していたことがございます。とある出版社でアルハンブラ宮殿の写真文集を造るという計画があっての居候でした。

グラナダのマンションからは窓越しにアルハンブラ宮殿が手にとるように、さらには雪を頂いたシエラネバダ山脈が望める絶景の建物でした。

ある夏の昼下がり、堀田夫人がレース編みをしながら「逗子のライオン」と呼ばれた険しい眼差しで、じろりと上目遣いに私を睨んで、

「佐伯、作家というのはね、文庫を出してようやく一人前、文庫数冊あれば作家は生涯食うに困らない」

と「ぽつん」と呟かれたことがあります。

「逗子のライオン」とは出版界で有名な異名でした。作家の代わりにマネージャー役になって出版社と交渉するのは、どこも奥様が多かった。出版社に嫌な注文を付けなければならないことも務めとしてある。で、そんな異名が奉られたのでしょう。

この話は新興出版社が相次いで旧作の文庫化を始めた八〇年代前半のことです。

そんな背景もあって旧作を文庫化するためにスペインのグラナダに滞在していた堀田先生のもとへ、各出版社が競って請願にきていた。

私は駅に客を迎えに行くたびに「作家とは偉い存在だ」と改めて思いました。編集者でも編集長でもなく、新聞社の社長や出版社の重役がスペインまでやって来るのですよ。

文士文豪という呼び名が通用した時代の作家は風格がありました、偉大でした。

一方私が生き残るために関わった「文庫書き下ろし」です。

借金を相殺するために出す文庫本に、さようなウマい話はない。何一つございません。ともかく百万円分の前借りに相当する部数で、初めての文庫として出版されました。期待もされない本です。

書店に一応本が並んで二週間経った頃のことでしょうか。編集者が怪訝な声で電話してきた。

「増刷になった、重版がかかったよ」

出版界との付き合いはすでに二十年余を過ぎ、三十冊近くの本を出していました。ですが、増刷なんて言葉は他人様のことと思っていました。表現があたっているかどうか分かりませんが藪から棒の話です。

官能か時代小説か、と呟いた編集者が、

「佐伯さん、昔はね、十万部出るとベストセラー、ただ今は五万部でそう呼ばれる。ともかく三万部に達すれば次の注文がくるよ」

とことんどは幾分明るい声で励ましてくれました。

これが十六、七年も前の話です。私はすでに五十七歳でした。

このたび周平作品の『用心棒日月抄』を講演のために二十数年ぶりに読み返しました。

折しも私の時代小説『密命』を「装い新たにして送り出すために」読んだばかりでした。驚きました。

「模倣作がオリジナル作品を超えることはない」これは定説です。

しかし、『密命』を書いていた折、『用心棒日月抄』の展開もストーリーもほとんど忘れていたにも拘わらず、二つの作品の一巻目を初めて読み比べて、

「ああ、似ている」

と思いました。ですが『密命』はいかにも「モデルあっての時代小説」でした。

まず時代設定がほぼ一緒です。

二つの小説ともに元禄期、「生類憐みの令」から浅野内匠頭が吉良上野介に刃傷に及んだ時期が物語の背景です。

主人公の設定ですが、『用心棒日月抄』は北国の小藩、馬廻り組百石の青江又八郎、二十六歳、一刀流の達人です。

わが『密命』は金杉惣三郎、三十四歳、西国小藩の下級武士の三男坊です。秘剣「寒月霞斬り」を独創工夫した剣術家でもありました。

『用心棒日月抄』の北国の小藩は、藤沢作品の大半の舞台、海坂藩を思わせる江戸から百二十里、「三方を山に囲まれ、北に海」。

この北国の小藩は周平先生の故郷、庄内藩、この地、鶴岡ですよね。

庄内藩の起立のときから幕末まで酒井家の治世下にあり、石高は十四万石でした。ところが周平作品の大半の舞台となる海坂藩は、石高は七万石と半減して設定されていたと思います。

なぜ周平先生は海坂藩七万石と設定されたのでしょうか？

このことはこの場におられる皆様方、藤沢文学の愛読者の方々がとくと承知でしょう。

「史実に則るより藩名を架空にし、石高を小さくしたほうがより物語を自在に展開することができる、描きたい主人公たちの生き方に馴染める、江戸での用心棒暮らしが生き生きする、と周平先生はお考えになった結果ではないか」

と私は勝手に思っています。

時代小説を書く作家にとって、大手門が、城の石垣が、武家屋敷が残る城下町で生まれ育ったというのは大きな財産です。

翻って私の模倣作『密命』は、豊後が国許、舞台です。

「華澄城（はなずみじょう）と領民に慕われる相良城、小規模ながらせめるに難く守るに鉄壁。城内には湧き水もある」

豊後国、ただ今の大分県とは、私全く縁も所縁（ゆかり）もございません。

私が物心ついたのは現在の北九州市の西の端っこです。江戸時代でいえば、

「筑前福岡藩四十七万石黒田家と、豊前小倉藩十五万石小笠原家の国境」

です。国境ですからなにもないところです。

時代小説の舞台を設けようにもなにもない、どうしたものかと考えあぐねたとき、脳裏に浮かんだことがございます。私がスペインの村にいて闘牛取材をしていた頃、母がくれた手紙の一節です。

「よそ様の国で恥ずかしい真似だけはするな！」

と戒めの言葉とともに、

「あんたの先祖は豊後国の武士の出で、薩摩に追われて肥後に落ちた一族じゃった」

とありました。

おそらくスペイン滞在中にお金に困って無心をした折の返信でしょう。

のちに歴史を調べると、

「天正十四年、力を付けた薩摩が豊後戸次川の戦いで豊臣秀吉配下の大軍に勝利し、豊後を占領した」

とあります。

母が私に告げたのはこのことでしょう。ですが、うちの先祖が薩摩に追われて肥後落ちした武士階級であったかどうか、真偽は全く分かりません。

薩摩藩の版図拡張政策のせいか、「きりしたん」大名大友宗麟以降の豊後国には大藩はございません。

そんな豊後国に私の姓「佐伯（さえき）」と同じ字ながら読み方を「佐伯（さいき）」と異にする小名「佐伯藩」二万石が実在しました。それを主人公の出自に借り受けることにしました。

私が『密命』の舞台として想定した「豊後斎木藩」は江戸から二百六十六里の遠きにあります。

『用心棒日月抄』も『密命』もいちばん肝心な冒頭の読みどころ、読ませどころは「なぜ大名家の家臣が浪々の身にならざるを得なかったか」ということでしょう。

『用心棒日月抄』については私より皆様の方がとくとご承知ですよね。

青江又八郎が許嫁の父親を殺す羽目に至った、又八郎はまさか舅になるはずの人物が藩主謀殺の企てに加担しているとは考えもしなかった。ともかく許嫁の父親を斬った。そのことが江戸暮らしに向かわせた動機です。

わが『密命』は長崎で購入した漢書南蛮本の中に「キリシタンもの」が混じっていて、その一部が盗まれて江戸に流れたという設定にしました。

佐伯藩八代・毛利高標（たかすえ）は藩校・四教堂（しこうどう）を造ったり、漢籍を集めたりと熱心で、「佐伯文庫」と呼ばれて、九州では有名でした。

そんな背景があって主人公の金杉惣三郎が浪人になり、「きりしたん」本探しの為に江戸での暮らしが始まった、というわけです。

『用心棒日月抄』にも『密命』にもこうした騒ぎを利用しようとする反対派が出てきます。

青江又八郎も金杉惣三郎もいつ追手が、刺客が現れるかも知れない緊張の中で暮らしています。

そこへ赤穂藩浅野家の断絶騒ぎが『用心棒日月抄』にも『密命』にもからんでくる。周平作品の『用心棒日月抄』とわが『密命』をこのたび読み比べて、なんとなく雰囲気が似ていると感じたのは、このあたりです。

漠然とした記憶ながら手本にしたのですから当然です。

繰り返しますが、コピー作がオリジナル作を超えることは決してありません。『密命』の話をもう少し続けさせてください。

ようやく物語が安定したと思えた時期のことです。

ゲラが上がってくるたびに朱字でばっさりと切られている箇所がありました。家族の団欒や親子の葛藤を書いた場面です。

「編集者は男女の情愛の描写よりも家族の風景よりも、派手な斬り合いや刺激的な官能場面を求めてのことだな」

と私は推量しました。

ここで周平先生の言葉を引用したいと思います。

「市井小説はただのひとの物語であり、時代が違うだけでわれわれの物語でもある」

この言葉を私流に解釈するとこうなります。すなわち、

「時代小説は市井に暮らすひとびとの物語であり、時代が違うだけでわれわれ現代人の物語である」

『密命』の中で朱を入れられて編集者が切った箇所は、市井の人びとが織りなす描写の部分です。私はなんとしてもその部分は残さねばならないと思い、切り捨てた箇所を初校でも再校でも復活させせました。

そんな戦いの繰り返しの中で、編集者からシリーズ打ち切り提案が告げられました。テーマを変えて新作にせよとの命です。私は、

「もう少し物語の展開を見ていてくれないか」

と強く願いました。

「密命」シリーズが大きく動いたのは、七、八作目辺りでしょうか。初版部数が五万から六〜七万に増えておりました。少しだけ私にも余裕が生まれました。

なにしろ『密命』が誕生した経緯が経緯ですから、シリーズ化など全く想定していません。そのために主人公は第一巻の中だけで十いくつも齢を重ねております。

「前借りのカタ」の出版です。だれもが二十六巻の大長編シリーズになるなどとは夢想も出来ませんでした。

そんな驚きの事態を生み出した理由の一つは「文庫書き下ろし」という形態にあるでし

ょう。

誤解を恐れずに申し上げますと、「文庫書き下ろし」という一発勝負の出版形態は、小説を「文学作品」から「商品」へと性格を変えた出来事だと思います。

堀田夫人が言われた出版界黄金期の「文庫」とは全くの別物です。当然作家にも数字が要求されます。「商品」ならば赤字になるのはビジネスとしては失格です。書店で読者の方に確実に手に取って頂ける品物にするにはどうしたらよいか。

活字本が売れない、この現象は年々激化しています。

数年前なら勝負は発売から二、三週間だったでしょう。ただ今では一日で売れ行きの結果が出ます。ダメならば本屋の棚にも並ばず返本の運命が待っています。

また相対的にベストセラーである期間が短くなっております。書き下ろし文庫の登場は、さらに出版本の賞味期限を短くしたとも言えます。

私はこの状況を逆手に取りました。

「一月に一冊は必ず出す。それに傾注する」

かような書き下ろし文庫で新刊を出す利点があるとしたら、作者の呼吸が文庫に沁みついていることでしょう。なにしろ三月ほど前に書き下ろした「商品」ですから「鮮度」はいいんです。

時代小説を書き始めて四年目くらいでしょうか。「月刊佐伯」と揶揄されることもありました。

ともあれその結果、『用心棒日月抄』をモデルにした『密命』は十年余り続き、二十六巻となって完結いたしました。

時代小説に転じて二百三十冊を超える「商品」を市場に送り込みました。締め切り以前に「原稿」を編集者に渡し、確実に頼まれた仕事をこなす。定期的に継続して「商品」を生み出すことが、この十数年の私の務めでした。

二〇〇七、八年ごろは年間十五、六冊、本屋に送り出していました。かような書き方から後世に残る傑作、名作、いや作品が生まれるわけもない。またこんな風に数字ばかりを連ねるのは作家として情けない、下品な話です。

ですが、不況の出版界に生き残る手段としてこれしかなかった。そんな「多作量産」を自分自身が恥じておりました。

あるとき、俳優であり、熱烈な愛書家でもある児玉清さんと話をする機会がございました。その児玉さんが、

「佐伯さん、書き下ろし文庫作家をそう卑下しなくてもいいんだよ。アメリカのとあるミステリー流行作家がね、パーティーで、高名な文学者に見下された発言を受けたんだ。そのとき、流行作家は『悔しかったらおれのように本屋のキャッシャーのベルを次々に鳴らしてみろ』と啖呵を切ったというんだ」

カッコいいですよね。

「悔しかったらおれのように本屋のキャッシャーのベルを次々に鳴らしてみろ」

アメリカ人作家でなければ言えません。日本人作家が、いえ、私はとても口にできません。

児玉さんはまた、

「面白い本を書き、売ることに徹することも一つの才能、出版界への貢献だよ」

と私を諭してくれました。

この言葉を聞いて私は気持ちが楽になりました。

出版界には、藤沢周平先生のように『蟬しぐれ』や『霧の果て　神谷玄次郎捕物控』を始め、名作を次々に生み出し、お亡くなりになっても売れ続ける時代小説家もおられます。

こういうケースは、才能と努力と運の三拍子が揃ってなければ、有り得ません。質の高い内容の小説、文学性、芸術性ゆえ読み継がれるのです。

稀有な例なのです。

今回の講演の第一部「周平先生と私」を終わります。

（つづく）

本書は『酔いどれ小籐次留書　春雷道中』（二〇〇八年二月　幻冬舎文庫刊）に
著者が加筆修正を施した「決定版」です。

DTP制作・ジェイ　エスキューブ

文春文庫

定価はカバーに表示してあります

春雷道中（しゅんらいどうちゅう）
酔いどれ小籐次（九）決定版

2017年1月10日　第1刷
2024年4月10日　第2刷

著　者　佐伯泰英（さえきやすひで）

発行者　大沼貴之
発行所　株式会社 文藝春秋

東京都千代田区紀尾井町3-23　〒102-8008
TEL　03・3265・1211㈹
文藝春秋ホームページ　http://www.bunshun.co.jp

落丁、乱丁本は、お手数ですが小社製作部宛お送り下さい。送料小社負担でお取替致します。

印刷製本・TOPPAN

Printed in Japan
ISBN978-4-16-790772-3

酔いどれ小籐次

新・酔いどれ小籐次

⑯酒合戦　さけがっせん
⑰鼠異聞　ねずみいぶん　上
⑱鼠異聞　ねずみいぶん　下
⑲青田波　あおたなみ
⑳三つ巴　みつどもえ
㉑雪見酒　ゆきみざけ
㉒光る海　ひかるうみ
㉓狂う潮　くるううしお
㉔八丁越　はっちょうごえ
㉕御留山　おとめやま
㉖恋か隠居か　こいかいんきょか

酔いどれ小籐次〈決定版〉

①御鑓拝借　おやりはいしゃく
②意地に候　いじにそうろう
③寄残花恋　のこりはなよするこい
④一首千両　ひとくびせんりょう
⑤孫六兼元　まごろくかねもと
⑥騒乱前夜　そうらんぜんや
⑦子育て侍　こそだてざむらい
⑧竜笛嫋々　りゅうてきじょうじょう
⑨春雷道中　しゅんらいどうちゅう
⑩薫風鯉幟　くんぷうこいのぼり
⑪偽小籐次　にせことうじ
⑫杜若艶姿　とじゃくあですがた
⑬野分一過　のわきいっか
⑭冬日淡々　ふゆびたんたん
⑮新春歌会　しんしゅんうたかい
⑯旧主再会　きゅうしゅさいかい
⑰祝言日和　しゅうげんびより
⑱政宗遺訓　まさむねいくん
⑲状箱騒動　じょうばこそうどう

小籐次青春抄
品川の騒ぎ・野鍛冶（のかじ）

居眠り磐音

居眠り磐音〈決定版〉

㉒ 荒海ノ津 あらうみのつ
㉓ 万両ノ雪 まんりょうのゆき
㉔ 朧夜ノ桜 ろうやのさくら
㉕ 白桐ノ夢 しろぎりのゆめ
㉖ 紅花ノ邨 べにばなのむら
㉗ 石榴ノ蠅 ざくろのはえ
㉘ 照葉ノ露 てりはのつゆ
㉙ 冬桜ノ雀 ふゆざくらのすずめ
㉚ 侘助ノ白 わびすけのしろ
㉛ 更衣ノ鷹 きさらぎのたか 上
㉜ 更衣ノ鷹 きさらぎのたか 下
㉝ 孤愁ノ春 こしゅうのはる
㉞ 尾張ノ夏 おわりのなつ
㉟ 姥捨ノ郷 うばすてのさと
㊱ 紀伊ノ変 きいのへん
㊲ 一矢ノ秋 いっしのとき
㊳ 東雲ノ空 しののめのそら
㊴ 秋思ノ人 しゅうしのひと
㊵ 春霞ノ乱 はるがすみのらん
㊶ 散華ノ刻 さんげのとき
㊷ 木槿ノ賦 むくげのふ
㊸ 徒然ノ冬 つれづれのふゆ
㊹ 湯島ノ罠 ゆしまのわな
㊺ 空蟬ノ念 うつせみのねん
㊻ 弓張ノ月 ゆみはりのつき
㊼ 失意ノ方 しついのかた
㊽ 白鶴ノ紅 はっかくのくれない
㊾ 意次ノ妄 おきつぐのもう
㊿ 竹屋ノ渡 たけやのわたし
51 旅立ノ朝 たびだちのあした

新・居眠り磐音

① 奈緒と磐音 なおといわね
② 武士の賦 もののふのふ
③ 初午祝言 はつうましゅうげん
④ おこん春暦 おこんはるごよみ
⑤ 幼なじみ おさななじみ

日本橋の近く、照降町に戻ってきた
女性職人・佳乃。文政12年の大火に
焼き尽くされた江戸から立ち上がる
人々を描く勇気と感動のストーリー。

一瞬も飽きさせない至高の読書体験がここに!

桜舞う柳橋を舞台に、船頭の娘・桜子が大活躍。夢あり、恋あり、大活劇あり。

四
夢よ、夢
ゆめよ、ゆめ

（　）内は解説者。品切の節はご容赦下さい。

佐伯泰英
神隠し
新・酔いどれ小籐次（一）
背は低く額は禿げ上がり、もくず蟹のような顔の老侍で、無類の大酒飲み。だがひとたび剣を抜けば来島水軍流の達人である赤目小籐次が、次々と難敵を打ち破る痛快シリーズ第一弾！
さ-63-1

佐伯泰英
願かけ
新・酔いどれ小籐次（二）
一体なんのご利益があるのか、研ぎ仕事中の小籐次に賽銭を投げて拝む人が続出する。どうやら裏で糸を引く者がいるようだが、その正体、そして狙いは何なのか——。シリーズ第二弾！
さ-63-2

佐伯泰英
桜吹雪（はなふぶき）
新・酔いどれ小籐次（三）
夫婦の披露目をし、新しい暮らしを始めた小籐次。呆けが進んだ長屋の元差配のために、一家揃って身延山久遠寺への代参の旅に出るが、何者かが一行を待ち受けていた。シリーズ第三弾！
さ-63-3

佐伯泰英
姉と弟
新・酔いどれ小籐次（四）
小籐次に斃された実の父の墓石づくりをする駿太郎と、父のもとで錺職人修業を始めたお夕。姉弟のような二人を見守る小籐次に、戦いを挑もうとする厄介な人物が—。シリーズ第四弾。
さ-63-4

佐伯泰英
柳に風
新・酔いどれ小籐次（五）
小籐次は、新兵衛長屋界隈で自分を尋ねまわる怪しい輩がいると知り、読売屋の空蔵に調べを頼む。これはネタになるかと張り切る空蔵だが、その身に危機が迫る。シリーズ第五弾！
さ-63-5

佐伯泰英
らくだ
新・酔いどれ小籐次（六）
江戸っ子に大人気のらくだの見世物。小籐次一家も見物したが、そのらくだが盗まれたうえに身代金を要求された！　なぜか小籐次が行方探しに奔走することに……。シリーズ第六弾！
さ-63-6

佐伯泰英
大晦り（おおつごもり）
新・酔いどれ小籐次（七）
火事騒ぎが起こり、料理茶屋の娘が行方知れずになる。同時に焼け跡から御庭番の死体が見つかっていた。娘は事件を目撃して攫われたのか？　小籐次は救出に乗り出す。シリーズ第七弾！
さ-63-7

文春文庫　佐伯泰英の本

（　）内は解説者。品切の節はご容赦下さい。

佐伯泰英
夢三夜
新・酔いどれ小籐次（八）
新年、宴席つづきの上に町奉行から褒美を頂戴した小籐次を、刺客が襲った。難なく返り討ちにしたが、その刺客の雇い主に気づいたおりょうは動揺する。黒幕の正体、そして結末は？
さ-63-8

佐伯泰英
船参宮
新・酔いどれ小籐次（九）
心に秘するものがある様子の久慈屋昌右衛門に請われ、伊勢へ同道することになった小籐次。地元の悪党や妖しい黒巫女が行く手を阻もうとするところ、無事に伊勢に辿り着けるのか？
さ-63-9

佐伯泰英
げんげ
新・酔いどれ小籐次（十）
北町奉行所から極秘の依頼を受けたらしい小籐次が、嵐の夜に小舟に乗ったまま行方不明に。おりょうと駿太郎、そして江戸中の人々が小籐次の死を覚悟する。小籐次の運命やいかに!?
さ-63-10

佐伯泰英
椿落つ
新・酔いどれ小籐次（十一）
小籐次が伊勢参りの折に出会った三吉が、強葉木谷（つばき）の精霊と名乗る謎の相手に付け狙われ、父を殺された。敵は人か物の怪か。三吉を救うため、小籐次と駿太郎は死闘を繰り広げる。
さ-63-11

佐伯泰英
夏の雪
新・酔いどれ小籐次（十二）
将軍にお目見えがなった小籐次は見事な芸を披露して喝采を浴びるが、大量の祝い酒を贈られて始末に困る。そんな折、余命わずかな花火師の苦境を知り、妙案を思いつくが……。
さ-63-12

佐伯泰英
鼠草紙（ねずみのそうし）
新・酔いどれ小籐次（十三）
小籐次一家は、老中青山の国許であり駿太郎の実母・お英が眠る丹波篠山へと向かう。実母の想いを感じる駿太郎だったが、お家再興を諦めないお英の兄が、駿太郎を狙っていた。
さ-63-13

佐伯泰英
旅仕舞
新・酔いどれ小籐次（十四）
残忍な押込みを働く杉宮の辰麿一味が江戸に潜入したらしい。探索の助けを求められた小籐次は、一味の目的を探るうち、標的が自分の身辺にあるのではと疑う。久慈屋に危機が迫る！
さ-63-14

（　）内は解説者。品切の節はご容赦下さい。

佐伯泰英
狂う潮
新・酔いどれ小籐次（二十三）
嵐から人々を救うため、来島水軍流・剣の舞を天に奉納する小籐次と駿太郎。森藩の御座船に乗りこんだ二人は、国家老一派から目の敵にされる。そんな中、船中からひとりの家臣が消えた。
さ-63-23

佐伯泰英
八丁越
新・酔いどれ小籐次（二十四）
江戸から三河、瀬戸内海を経てついに先祖の地・豊後森藩に降り立った小籐次親子。終着地・森城下を目指して山中をゆく参勤一行を、難所「八丁越」で待ち構えるのは、十二人の刺客？
さ-63-24

佐伯泰英
御留山
新・酔いどれ小籐次（二十五）
藩主・久留島通嘉から呼び出され、角牟礼城本丸へ向かった小籐次。山に隠された重大な秘密とは。『御鑓拝借』から始まった物語が見事ここに完結！　（ルポ「森藩・参勤ルートを行く」）
さ-63-25

佐伯泰英
小籐次青春抄
品川の騒ぎ・野鍛冶
豊後森藩の厩番の息子・小籐次は野鍛冶に婿入りしたかつての悪仲間を手助けに行くが、その村がやくざ者に狙われているのを知り一計を案じる。若き日の小籐次の活躍を描く中編二作。
さ-63-50

佐伯泰英
御鑓拝借（おやりはいしゃく）
酔いどれ小籐次（一）決定版
森藩への奉公を解かれ、浪々の身となった赤目小籐次、四十九歳。胸に秘する決意、それは旧主・久留島通嘉の受けた恥辱をすすぐこと。仇は大名四藩。小籐次独りの闘いが幕を開ける！
さ-63-51

佐伯泰英
意地に候
酔いどれ小籐次（二）決定版
御鑓拝借の騒動を起こした小籐次は、久慈屋の好意で長屋に居を定め、研ぎを仕事に新たな生活を始めた。だが威信を傷つけられた各藩の残党は矛を収めていなかった。シリーズ第2弾！
さ-63-52

佐伯泰英
寄残花恋（のこりはなよするこい）
酔いどれ小籐次（三）決定版
小金井橋の死闘を制した小籐次は、生涯追われる身になったと悟り甲斐国へ向かう。だが道中で女密偵・おしんと知り合い、ともに甲府を探索することに。新たな展開を見せる第3弾！
さ-63-53

（　）内は解説者。品切の節はご容赦下さい。

佐伯泰英
一首千両
酔いどれ小籐次（四）決定版

鍋島四藩の追腹組との死闘が続く小籐次だったが、さらに江戸の分限者たちが小籐次の首に千両の賞金を出し、剣客を選んで襲わせるという噂が…。小籐次の危難が続くシリーズ第4弾！

さ-63-54

佐伯泰英
孫六兼元
酔いどれ小籐次（五）決定版

久慈屋の依頼で芝神明の大宮司を助けることになった小籐次。社殿前の賽銭箱に若い男が剣で串刺しにされ、死んでいたという。大宮司は、小籐次に意外すぎる秘密を打ち明けた——。

さ-63-55

佐伯泰英
騒乱前夜
酔いどれ小籐次（六）決定版

自ら考案した行灯づくりの指南に水戸に行くことになった小籐次。だがなぜか、同行者の中に探検家・間宮林蔵の姿が。幕府の密偵との噂もある彼の目的は何なのか？　シリーズ第6弾！

さ-63-56

佐伯泰英
子育て侍
酔いどれ小籐次（七）決定版

刺客、須藤平八郎を討ち果たし、約定によりその赤子、駿太郎を引き取った小籐次。周囲に助けられ〝子育て〟に励む小籐次だったが、駿太郎の母と称する者の影が見え隠れし始め……。

さ-63-57

佐伯泰英
竜笛嫋々（りゅうてきじょうじょう）
酔いどれ小籐次（八）決定版

おりょうに持ち上がった縁談。だがおりょうは不安を小籐次に吐露する。相手の男の周りは不穏な噂が絶えない。そして、おりょうの突然の失踪——。想い人の危機に、小籐次どう動く？

さ-63-58

佐伯泰英
春雷道中
酔いどれ小籐次（九）決定版

行灯の製作指南と、久慈屋の娘と手代の結婚報告のため水戸に向かった小籐次一行。だが密かに久慈屋の主の座を狙っていた番頭が、あろうことか一行を襲撃してくる。シリーズ第9弾！

さ-63-59

佐伯泰英
薫風鯉幟（くんぷうこいのぼり）
酔いどれ小籐次（十）決定版

野菜売りのうづが姿を見せず、心配した小籐次が在所を訪ねると、彼女に縁談が持ち上がっていた。良縁かと思いきや、相手は厄介な男のようだ。窮地に陥ったうづを小籐次は救えるか？

さ-63-60

（　）内は解説者。品切の節はご容赦下さい。

佐伯泰英
偽小籐次
酔いどれ小籐次（十一）決定版

小籐次の名を騙り、法外な値で研ぎ仕事をする男が現れた！その男の正体を探るため小籐次は東奔西走するが、裏には予想外の謀略が……。真偽小籐次の対決の結末はいかに!?

さ-63-61

佐伯泰英
杜若艶姿（とじゃくあですがた）
酔いどれ小籐次（十二）決定版

当代随一の女形・岩井半四郎から芝居見物に誘われた小籐次は、束の間の平穏を味わっていた。しかしそれは長く続かず、久慈屋に気がかりが出来。さらに御鑓拝借の因縁が再燃する。

さ-63-62

佐伯泰英
野分一過（のわきいっか）
酔いどれ小籐次（十三）決定版

野分が江戸を襲い、長屋の住人達は避難を余儀なくされた。そのさ中、小籐次は千枚通しで殺された男を発見。その後、同じ手口で殺された別の男も発見され、事態は急変する……。

さ-63-63

佐伯泰英
冬日淡々
酔いどれ小籐次（十四）決定版

小籐次は深川惣名主の三河蔦屋に請われて、成田山新勝寺詣でに同道することに。だが物見遊山に終わるわけはなく、一行を付け狙う賊徒に襲われる。賊の正体は、そして目的は何か？

さ-63-64

佐伯泰英
新春歌会
酔いどれ小籐次（十五）決定版

師走、小籐次は永代橋から落ちた男を助ける。だが男は死に、謎の花御札が残された。探索を始めた小籐次は、正体不明の武家に待ち伏せされる。背後に蠢く、幕府をも揺るがす陰謀とは？

さ-63-65

佐伯泰英
旧主再会
酔いどれ小籐次（十六）決定版

旧主・久留島通嘉に呼び出された小籐次は、思いがけない依頼を受ける。それは松野藩藩主となった若き日の友の窮地を救うことだった。旧主と旧友のために、小籐次は松野へ急ぐ。

さ-63-66

佐伯泰英
祝言日和
酔いどれ小籐次（十七）決定版

公儀の筋から相談を持ちかけられた小籐次。御用の手助けは控えたかったが、外堀は埋められているようだ。久慈屋のおやえと浩介の祝言が迫るなか、小籐次が巻き込まれた事件とは？

さ-63-67